中國古典名著少年版

⑥

曹雪芹原著

紅樓夢

高玉梅改寫●洪義男插畫

導讀

《紅樓夢》與《西遊記》、《水滸傳》、《三國演義》並稱爲我國的四大古典文學名著，在文學史上有非常崇高的地位，也極受一般大衆的歡迎與喜愛。

這本書的原文共有一百二十回，作者是清代的曹雪芹，但他生前一共只寫了八十回，後四十回據說是由高鶚續寫而成。

《紅樓夢》寫成之後，不久便在民間廣爲流傳，當時只要有人將《紅樓夢》一書抄寫完成，拿到市集中販售，就可以賣到很好的價錢。

正由於當時《紅樓夢》大受歡迎，因此有許多不同的傳抄本流行於市面。而且曹雪芹本人，也曾經將全書修改過五次。原著第一回中有記載，《紅樓夢》是經過「曹雪芹於悼紅軒中披閱十載，增刪五次；纂成目錄，分出章回。」才得以成書。

目前保存的《紅樓夢》抄本仍有十幾種之多，現在我們所改寫的這本，是依據其中的「庚辰本」爲主。

《紅樓夢》一書的主要內容，是敍述賈寶玉、林黛玉、薛寶釵等人之間的感情故事，同時也描寫了賈府這個大家族的興衰過程。

透過曹雪芹高妙的寫作手法，將書中人物個個刻畫得生動入微、活靈活現，使讀者能夠讀出寶玉的純眞摯情、黛玉的多愁善感、寶釵的含蓄穩重、鳳姐的潑辣精明……，故事情節豐富多變、扣人心弦。

晚清時，曾有一個叫鄒弢三的人，說他跟朋友談論起《紅樓夢》，朋友欣賞寶釵的穩重，而認爲黛玉尖酸；他自己卻以爲黛玉是天眞爛漫，而寶釵其實是做作奸詐！兩人意見不合，大吵一架，幾乎以拳頭相向。可見《紅樓夢》裡的人物，是多麼深入人心。

《紅樓夢》一書除了人物、情節引人入勝之外，其中所描述的風俗習慣、衣著服飾、庭園建築，甚至餐點飲食，樣樣都能引起人們的興趣。因此，現在關於《紅樓夢》的研究，從作者、版本、情節、人物，到建築、飲食都有。所有關於《紅樓夢》的研究，通稱爲「紅學」。

我們今天讀這本改寫的《紅樓夢》，也許不需要有研究「紅學」的心情，卻可以透過這個故事，看看大觀園中的男孩女孩是如何長大的，看看賈府之中的老老少少是怎樣度過一生的；那麼，或許能夠多體會一些人心人性，多了解一些人情世故，也多見識一些不同的人生理想與人生觀。

原著者簡介

關於曹雪芹的生平，學者們有許多不同的說法，其中一種說法是：曹雪芹姓曹名霑，字夢阮，號芹圃、芹溪，或雪芹。出生於清康熙五十四年（西元一七一五年），卒於清乾隆二十七年（西元一七六三年），享年不到五十歲。

曹雪芹的祖先是漢人，後來遷居東北，歸化滿清，因爲是正白旗包衣（正白旗是滿清天子自家近親三旗之一，包衣是奴才），而且在戰爭中立了功，便成爲頗有聲勢的官宦世家。從曹雪芹的曾祖父到父親曹頫，一共做了將近六十年的「江寧織造」。這個官職專門替皇帝採辦宮中的服飾和日常用品，官階雖不很高，卻是個有錢有勢的要職。（因爲事實上是皇帝派在南方監督官吏的大特務。）

因此，童年時的曹雪芹，是生活在富貴繁華的環境中，這些經歷便成爲他日後寫《紅樓夢》的基礎。但是，曹頫後來因獲罪而被抄家，財產盡失，只好舉家由南京遷回北京。曹家興衰的過程，跟雪芹筆下賈家的遭遇，有許多類似之處，所以，很多人便認爲《紅樓夢》可以說是曹雪芹的自傳。

曹家被抄時，雪芹還在幼年，從那時起，曹家就已經家道中落。到了雪芹中年的時候，更顯得窮困不堪，全家住在破舊的房屋中，常常只能吃粥裹腹。有一次，雪芹想要飲酒，卻無酒錢，還是朋友把佩刀賣了，給他買來酒喝。

在貧困中度日的曹雪芹，只能以賣詩文書畫爲生。《紅樓夢》就是他在窮苦之中，一字一句，點滴刻畫出來的，因此，他在書中曾寫著：「滿紙荒唐言，一把辛酸淚！都云作者癡，誰解其中味？」一七六二年時，雪芹的兒子因病而死，使他非常傷痛，竟也一病不起。到了第二年，便在憂愁困苦中去世了。

續寫《紅樓夢》的高鶚，字蘭墅，於乾隆年間中進士，曾擔任「翰林院侍讀」的官職。據說當年曹雪芹除了寫定《紅樓夢》的前八十回以外，還另外寫了後面的一些散稿，預計總共要再寫三十回，但可惜沒有寫完就去世了。高鶚可能看過曹雪芹後面所寫的那些零散稿子，便據此補寫了四十回。

一般學者都認爲，高鶚的才情也許不及雪芹，但文筆功力卻也不錯。他所補寫的《紅樓夢》，跟曹雪芹的原意相差不大，尤其是把握了書中的悲劇精神（例如：傳神的描繪出黛玉悲傷而死的經過），而沒有將《紅樓夢》寫成一個大團圓的喜劇結局。

女媧補天獨漏了一塊石頭，被棄置在靑埂峰下。
這石頭聽人道世間有許多鮮事，便央求道人帶他下凡一遊。

賈寶玉出生在官宦世家，從小備受寵愛。喜歡和家中姊妹一起讀書玩耍，生性聰明淘氣。

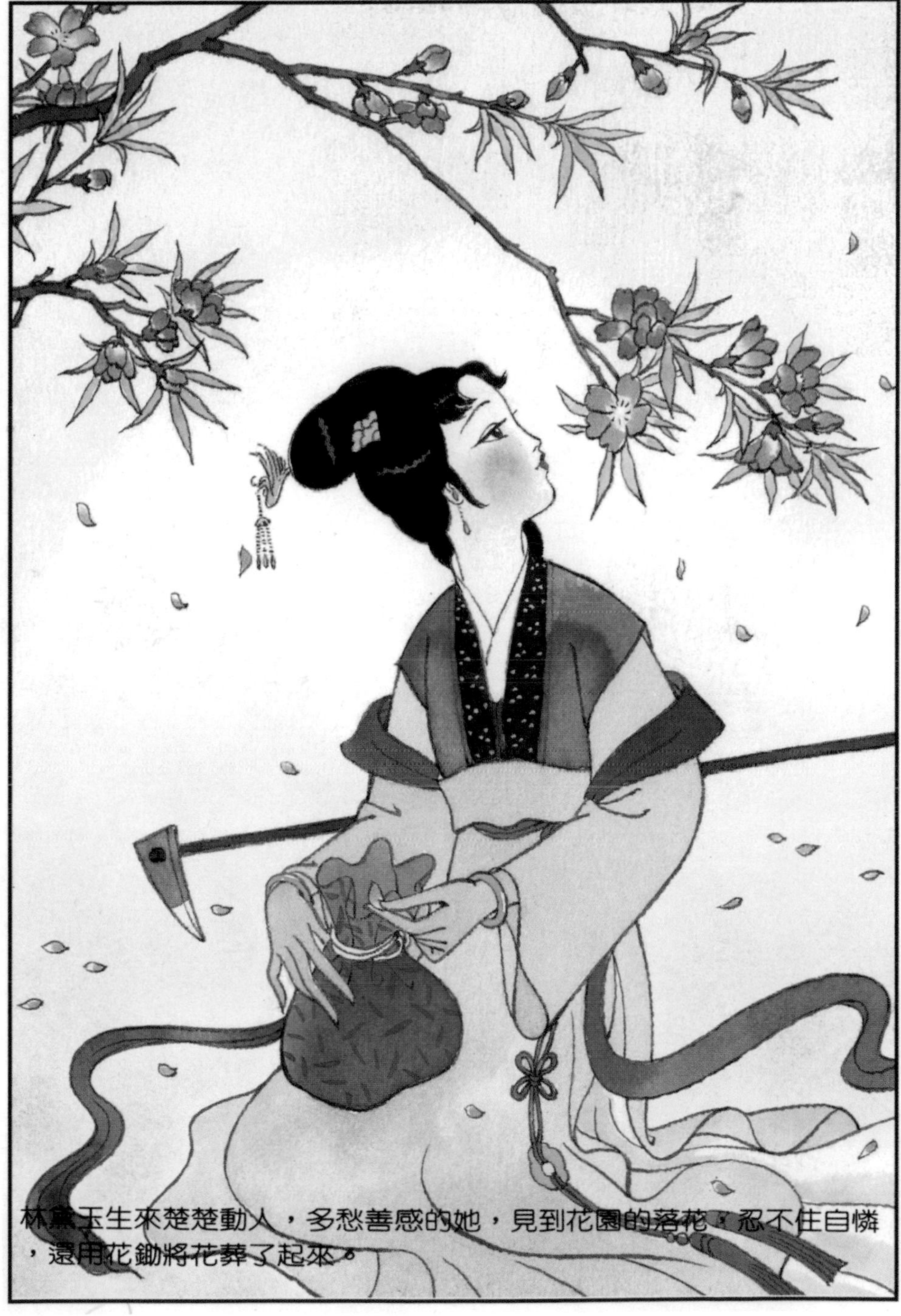

林黛玉生來楚楚動人，多愁善感的她，見到花園的落花，忍不住自憐，還用花鋤將花葬了起來。

薛寶釵是位含蓄穩重，行事謹慎的女孩；一天在大觀園中撲蝶，不慎聽到僕人的祕密。

目次

紅樓夢主要人物表

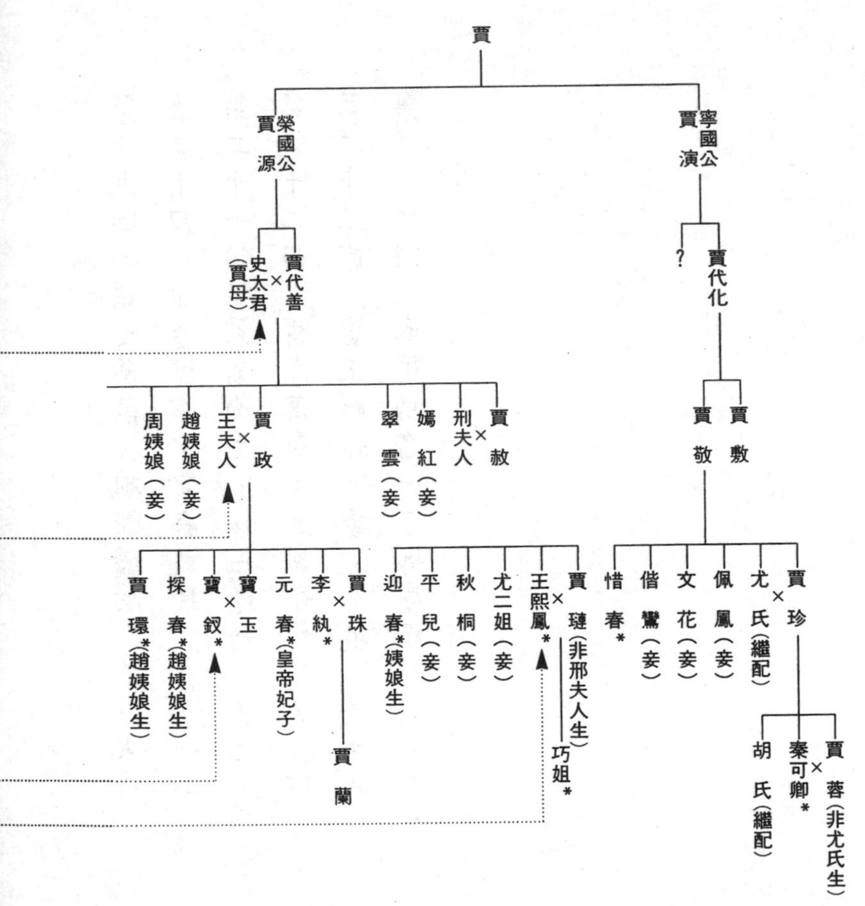

賈
榮國公 賈源
寧國公 賈演
賈代善 × 史太君（賈母）
?
賈代化
周姨娘（妾）
趙姨娘（妾）
王夫人 × 賈政
翠雲（妾）
嫣紅（妾）
刑夫人 × 賈赦
賈敬
賈敷
賈環*（趙姨娘生）
探春*（趙姨娘生）
寶釵* × 寶玉
元春*（皇帝妃子）
李紈* × 賈珠
賈蘭
迎春*（姨娘生）
平兒（妾）
秋桐（妾）
尤二姐（妾）
王熙鳳* × 賈璉（非邢夫人生）
巧姐*
惜春*
偕鸞（妾）
文花（妾）
佩鳳（妾）
尤氏（繼配） × 賈珍
胡氏（繼配）
秦可卿* × 賈蓉（非尤氏生）

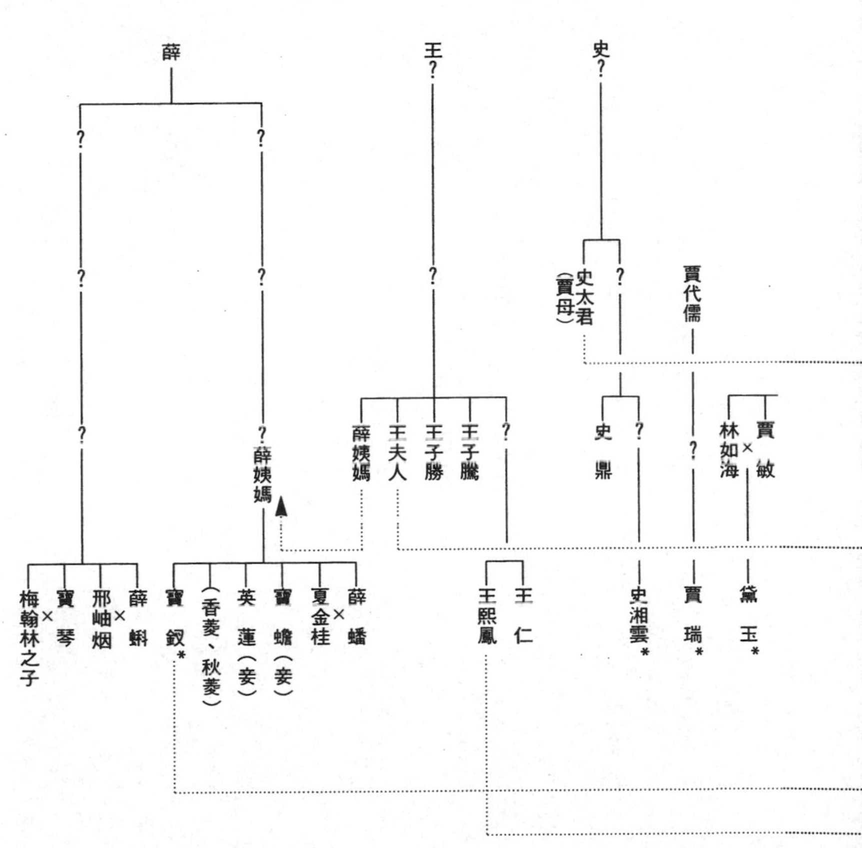

薛
王
史
?
史太君
(賈母)
賈代儒
薛姨媽
王夫人
王子勝
王子騰
史鼎
林如海
×
賈敏
梅翰林之子
寶琴
邢岫烟
薛蝌
寶釵*
(香菱、秋菱)
英蓮(妾)
寶蟾(妾)
夏金桂
薛蟠
王熙鳳
王仁
史湘雲*
賈瑞*
黛玉*

第一回　女媧補天・寶玉降世

這個故事得從一塊石頭說起。

在很久很久以前，因爲兩位天神打架，把天弄破了一個大洞。天河裡的水從洞中流往人間，淹沒了大地，害苦了人類。女神媧皇氏爲了拯救人們，就到大荒山無稽崖下，煉了三萬六千五百零一塊大石頭，好用來補天。可是，沒想到女媧只用了三萬六千五百塊，就把天上的大洞補好了，單單剩下一塊沒用，於是這塊石頭便被棄置在青埂峰下。

日子一天天的過去，也不知過了多久，這塊石頭竟然鍛鍊出靈性，能夠變大變小，自由來去。他看到其他石頭都被用去補天，只有自己沒能入選，就自怨自嘆，日夜悲傷。

有一天，石頭又在怨嘆時，忽然看見一個和尚跟一個道士從遠處走來。這一僧一道生得骨格不凡，風采出衆，他們來到青埂峰下，便席地而坐，聊了起來，先是說些仙界的奇事，後又講到人間紅塵的榮華富貴。石頭在一旁聽著，不覺打動了凡心，便想要到人間去享受一下，於是開口說道：「大師，弟子聽二位談那人間的繁華，心中很是羡慕，雖然弟子只是塊石頭，卻也稍通靈性，可否請二位大師發發慈悲心，帶弟子到紅塵遊歷一番？」

二位仙師聽了，齊聲笑道：「善哉，善哉！人間紅塵中雖有些樂事，卻不是永遠存在的，而且總是樂極悲生，正可說是『到頭一夢，萬境歸空』，倒不如不去的好。」但石頭聽不進這些話，一心只想去人間，所以仍然苦苦哀求仙師。

那僧人便說：「你如果眞通靈性，怎麼又如此愚蠢呢？也罷，我就幫你完成心願，但到了劫終之日，你還是要復還本質，做個石頭。」說完便施展幻術，轉眼之間，一塊大石頭竟變成一塊如扇墜般大小的晶瑩美玉。

僧人將美玉放在掌上，笑著說道：「看這個形體，也算是個靈物了，只是還需要鐫刻上幾個字，使人一看便知道是件奇物，然後再帶你到那人間去見識見識。」

石頭聽了，非常高興的問：「不知道大師在弟子身

劫終：「劫」是佛家語，佛家認爲宇宙中的一切，都是不停的在生滅循環著，每幾萬年生滅一次是一個周期，叫做一「劫」。「劫」又有「災難」的意思，所以「劫終」就表示「災難終止，時候到了」的意思。

上刻些什麼字？又要帶我到哪個地方去呢？」

那僧人又笑著說：「你先別問，到時候自然會明白的。」說完便將石頭放入袖中，和那道人飄然而去。

又不知道過了多久，有個空空道人訪道求仙時，從大荒山無稽崖青埂峰下經過，看見一塊大石頭，上面有明顯的字跡。空空道人把那些字跡從頭看了一遍，才知道這就是那塊被一僧一道帶去紅塵的頑石。石頭上記載著他投胎之後的事，寫得還算清楚完備，只是發生的朝代、地方卻失落而無法考證。空空道人向石頭說：「石兄，你這一段故事據你自己說來，頗有趣味，所以刻在這裡，想要讓世人知道，成爲傳奇。但依我看來，這故事既不知年代，又沒有什麼治理朝廷、風俗的善政，只不過寫幾個有才情的女子，我縱然抄去，世人也不見得愛看呢！」

石頭回答說：「大師啊，我想歷來小說故事中的朝代，無非是假借漢、唐，還不如我這石頭所記，不借用那些俗套，只寫自己的事情，反倒新鮮別致。而且我這半世親見親聞的幾個女子，雖不敢說比以前所有書中寫的人都強，但她們的故事也算可以消愁解悶，而且還有幾首歪詩，可以引人一笑。其中的悲歡離合、興衰際遇都是眞眞切切的，只求世人在閒暇無聊時，觀看欣賞一番，這樣也就夠了。大師，您覺得我說的如何？」

空空道人聽完，想了一想，又將這「石頭記」從頭到尾再看一遍，最後總算決定抄下來，帶回去給後人知曉。

這「石頭記」正是現在這本「紅樓夢」。

現在，就來看看「紅樓夢」是個什麼樣的故事吧！

原來，當年那僧人從青埂峰下把石頭帶走之後，便往警幻仙子住的赤瑕宮走去。道人問他打算怎麼做，僧人說：「最近有一批風流冤家要投胎到人世間，我就趁此機會把這蠢石頭夾帶在其中，讓他跟著去經歷經歷。」

道人問：「是哪些風流人物要投胎呢？」

僧人笑道：「這事說來好笑，赤瑕宮的神瑛侍者，在靈河河岸上的三生石旁邊，發現一棵絳珠草，便常常用甘露灌溉它。日子一久，這棵草吸收了天地間的精華，又受到甘露滋潤，竟然脫去了草木的本質，而幻化成人形，但只修成女體。這絳珠仙子因爲受過神瑛侍者的恩情，所以心中存著一分感激纏綿之意，總想著要報

風流冤家：指非常相愛的男女。「冤家」是佛家語，意思是「仇人」或「對頭」，但也用來表示對所愛的人的暱稱。佛家認爲男女愛情是前生的罪孽造成的，所以稱相愛的男女爲「冤家」。

答。正好最近神瑛侍者動了凡心，向警幻仙子掛了號，要投胎到人世間經歷一番，於是絳珠仙子便說：『我受了神瑛侍者的甘露之恩，卻沒有水可以回報，現在他要下入凡間，那我也去下世爲人，用我一生的眼淚還他，大概也夠償還了。』就因爲這件事，許多其他風流冤家，也要陪他們去走一遭。」

道人聽了說：「這可眞是件奇事，我們也下世去度脫幾個人，豈不是一場功德。」

僧人說：「我正有此意。我們先去警幻仙子那兒，把這蠢石頭交代清楚吧！」

就在這個時候，人間的京城裡，有戶姓賈的人家中，出生了一個男孩，這男孩剛生下來，嘴裡便含著一塊刻了字的美玉，所以他就被取名叫「賈寶玉」。

度脫：佛家語，意思是「超度、解脫」。佛經中說，佛陀可以使祂的信徒脫離人間的紛擾，超出生老病死的輪迴之苦。

這賈家原籍在金陵，是當地有名的官宦世家。這個家族分爲寧、榮兩支，其中有八房遷往京城，住在同一條街上。街東是寧國府，府裡年紀最長的是賈敬，他喜歡煉丹求道，一心想當神仙，所以從來不管事；他的兒子賈珍便繼承了世襲的官位，不過也是不幹正經事，整天只知享樂，把寧國府都快搞翻了。而街西的榮國府裡，最年長的是賈母史太君，她有兩個兒子，長子賈赦繼承了官位，次子賈政也有官職。剛才提到的「賈寶玉」，就是賈政的太太王夫人所生。王夫人早年生有一個長子，名賈珠，不到二十歲時便已娶妻生子，可惜不久一病而死；因此王夫人對於晚年所生的第二個兒子，就更加珍愛。

這賈寶玉從小最受祖母史太君的寵愛，但他父親賈

房：宗族的分支。

太君：對官員之母親的封號。後來也用作對別人的母親的尊稱。

政卻不大喜歡他。因爲寶玉滿周歲的時候，賈政想試試他將來的志向，便擺了許多用品器物在寶玉眼前，要他抓取，誰知道他伸手就抓女孩子用的脂粉釵環，其他的什麼都不拿。賈政因此大爲生氣，認爲寶玉將來一定是個「酒色之徒」。

這賈寶玉長到七、八歲時，不但聰明淘氣，說起話來還特別奇怪，他曾經說：「女孩是水做的骨肉，男人是泥做的骨肉。我見了女孩，便覺得清爽，見了男子，就覺得濁臭逼人。」

在賈府中，寶玉平日總跟姊妹們一起讀書玩耍。因爲賈母史太君不僅寵愛寶玉，也疼愛幾個孫女，所以他們都跟在賈母身邊一塊兒讀書。

有一天，賈母打算把她的外孫女也接來賈府同住，這位姑娘是誰？且聽下回分解——

第二回　黛玉投親・寶釵入府

原來，賈母的女兒賈敏在不久前生病去世了，留下一個年紀還不滿十歲的小女孩，叫林黛玉。賈母心疼這外孫女小小年紀就失去了母親，所以派人去接她到賈府來同住。

林黛玉的父親林如海是揚州的地方官，他雖然捨不得女兒離開，但是也覺得黛玉如果去了外祖母家，可以多點兒依靠，又有讀書的機會，所以便請黛玉的家庭教師賈雨村，陪黛玉一起去京城。

這一天，黛玉坐著轎子來到了榮國府。抬轎的小廝剛放下轎子，就有幾個婆子過來打起轎簾，扶黛玉下轎。黛玉扶著婆子的手，進了垂花門，又穿過抄手遊廊、廳堂，往後面的正房大院走去。

沿路經過的房間，不但是雕樑畫棟，其間還掛著鸚鵡、畫眉等鳥雀。黛玉走呀走的，總算看見幾個穿紅帶綠的丫頭。她們一見著黛玉，趕緊笑著迎上前，並說道：「剛才老太太正念著，人怎麼還沒到？可也眞巧妳就來了！」於是，向裡面喊著：「林姑娘來了！」

黛玉剛進門，就見到兩個人扶著一位鬢髮如銀的老太太迎上來。黛玉一看就知道是外祖母，正要下拜，卻被賈母一把摟入懷中，喊著：「心肝肉兒！」便大哭起來。旁邊伺候的人，都跟著掉淚。黛玉更是哭個不停。

小廝：僕人。

垂花門：從前富有人家的內院院門上，通常裝飾著雕刻的垂花，倒懸在門額兩側，門的上邊還蓋著宮殿式的小屋頂，稱爲「垂花門」。

抄手遊廊：院門內兩側環抱的走廊。

過了好一會兒，在眾人慢慢勸解之下，賈母和黛玉才漸漸平復下來，黛玉這也才正式拜見了外祖母。

此時，賈母一一向黛玉介紹，這是大舅母邢夫人，這是二舅母王夫人。接著，又說道：「去請其他姑娘們來，今天遠客到了，可以不必上學。」

不一會兒，只見三個奶嬤嬤和幾個丫鬟，簇擁著三個姊妹進來。第一個叫賈迎春，生得肌膚豐潤，身材適中，溫柔沈默，看起來十分可親。第二個叫賈探春，生得削肩細腰，身材高䠷，看起來神采飛揚。第三個叫賈惜春，還是小女孩兒。她們三人穿戴的衣裙釵環，都是一個樣子。

大家坐了下來，一同飲茶、談話。

黛玉年紀雖小，但舉止言談大方得體。只是大家看不足之症：中醫病名，由身體虛弱而引起的病。

她弱不禁風的樣子，便知道她身體虛弱，有不足之症，於是問道：「林姑娘平常吃什麼藥？怎不把身體養好？」

黛玉回答：「我從小便這樣，從會吃飯時就開始吃藥。到如今，不知看了多少名醫，也不見效。有一年，我才三歲，家中來了個癩頭和尚，說要化我出家。我父母當然不肯。他又說：『既然這麼捨不得她，恐怕她的病一生也不能好。——若想要好，除非從此以後不許聽到哭聲，而除父母之外，不可以見任何外親。這樣做，才可以平安度過一生。』不過，家人也沒理這瘋和尚的話。我現在都只吃些人參養榮丸而已。」

賈母聽了說：「那正好，我這裡正配丸藥呢，叫他們多配一料就是了。」

媳婦：在此處指女僕。夫婦在同一家中當奴僕時，妻子便被稱為某人媳婦。

丹鳳三角眼、**柳葉吊梢眉**：眼角向上微翹，眉梢斜挑至鬢邊。

風騷：輕佻俏麗的樣子，多指婦女而言。

眾人正說著話，只聽後院中有人邊笑邊說著：「我來遲啦！沒接到遠客。」

黛玉心想：「這榮國府的人個個恭謹守禮，怎麼現在來了個放肆的人？」

只見一群媳婦、丫鬟擁著一個女子進來。這人的穿著打扮跟幾個姑娘大不相同，彩繡輝煌，彷彿神妃仙子一般——頭上戴著黃金寶石製成的髮飾，頸子上掛著華貴的珠玉項鍊，裙邊繫著玫瑰色的玉佩，身上穿的是繡著金色圖案的大紅緊身襖，外頭還罩上一件銀鼠皮的外套。只見她生得一雙丹鳳三角眼，兩彎柳葉吊梢眉，身材苗條，體態風騷。

黛玉連忙起身。賈母笑道：「妳不認得她，她是我們這裡有名的潑辣貨，妳只管叫她『鳳辣子』就是了！」

黛玉聽了，不曉得到底該怎麼稱呼。旁邊姊妹們趕緊告訴她：「這是璉二嫂子。」

黛玉曾聽母親說過，大舅賈赦的兒子賈璉，娶了二舅母王夫人的內侄女，叫王熙鳳，她從小就被當成男孩子來教養。黛玉這時連忙笑著行禮，叫了聲「嫂嫂」。

王熙鳳拉著黛玉的手，上下細細的打量一回，笑說道：「天下還眞有這樣標緻的人兒，我今天算是見識到了！只可憐我這妹妹眞命苦，姑媽偏偏去世了。」說著便用手帕拭淚。

賈母在一旁說道：「我才剛好，妳又來惹我傷心。妳妹妹剛從遠地來，身體又弱，才勸住她不哭，妳快別再提了。」

熙鳳一聽趕快說：「正是呢！我見了妹妹，一心都在她身上，又是喜歡，又是傷心，竟忘了老祖宗了，該打、該打！」又忙拉著黛玉的手問：「妹妹幾歲了？可曾上學？現在吃什麼藥？在這裡別想家，要什麼吃的、玩的，只管告訴我。丫頭婆子們不好，也只管告訴我。」黛玉一一答應著。

眾人又聊了一陣子，賈母便叫人領著黛玉去拜見大舅賈赦和二舅賈政。

當黛玉到二舅的住處時，二舅母王夫人特別跟她說道：「有件事我得囑咐妳，妳的三個姊妹都極好，以後和她們一起念書、識字、學針線，或是偶爾開個玩笑，都能互相包容的。只有我那個孽根禍胎，是家裡的『混世魔王』，誰都不敢沾惹他。今天他到廟裡去了，等晚上回來，妳看了就知道。以後，妳可別理他。」

黛玉早就聽母親說過，她有個表哥寶玉，生下來嘴裡就含著一塊玉，個性頑劣，不愛讀書，最喜歡跟女孩子廝混；外祖母又特別疼他，所以沒人敢管。現在聽二舅母這麼說，黛玉便笑道：「記得母親告訴我，寶玉哥哥比我大一歲，對姊妹們極好。我來這裡，自然是跟姊妹們在一起，兄弟們另住別處，我豈會沾惹到他。」

王夫人笑著說：「這妳就不知道了，寶玉和別人不同，從小因老太太疼愛，便跟姊妹們在一起被嬌養慣了。若是姊妹們不理他，他倒安靜些；若是哪天姊妹們跟他多說上一句話，他心裡一樂，就要鬧出許多事來。所以囑咐妳別理他。他嘴裡有時甜言蜜語，有時瘋瘋傻傻，妳都不要信他。」

黛玉一一答應著。此時一個丫鬟來說：「老太太那裡傳晚飯了。」王夫人便拉著黛玉的手，往賈母房院而去。

到了賈母房裡，熙鳳要黛玉坐在賈母左邊的第一張椅子上，黛玉十分推讓。賈母便說：「妳舅母和嫂子不在這裡吃飯。妳是客人，應該如此坐的。」黛玉這才告了座。

用飯時，又自有一番規矩，雖與黛玉家中的習慣不全相同，她也都照著做了。

飯後，賈母要眾人都離去，就留下黛玉，好自在點兒說話。兩人才聊幾句，只聽見外面一陣腳步聲，有丫鬟進來說：「寶玉來了！」

進來的這位少年公子，脖子上掛著一塊美玉，穿戴極爲講究，容貌更是不凡——面龐如中秋之月，氣色像春曉之花，兩鬢如刀裁般分明，雙眉像墨畫般黑濃，臉頰如春天桃花的粉嫩，眼睛像秋天水波的靈動。

黛玉一見，便大吃一驚，心下想：「好生奇怪，這人像在哪裡見過一般，怎麼如此眼熟？」

只見寶玉向賈母請安後，賈母便吩咐他：「去見你娘！」

等寶玉見過王夫人再回來時，穿著打扮已經換了。賈母笑著說：「還沒見客人，怎麼就換了衣裳？還不去見見你林妹妹！」寶玉忙向黛玉作揖，並細細看著她，眞覺得與衆不同——兩彎眉毛微蹙，像帶著一抹輕煙；一雙水汪汪的眼睛，含情脈脈；略帶憂愁的面容，看起來極有風韻；病弱的身體，讓人覺得更是嬌柔；安靜的

蹙：音ㄘㄨˋ，皺縮。

時候，就像水邊一朵姣好的花；動著的時候，彷彿迎風款擺的弱柳。

寶玉看著看著，笑說道：「這個妹妹我見過。」

賈母笑道：「胡說，你何曾見過。」

寶玉說：「雖沒見過，卻看來面熟，所以就當是認識她，今天也可算是久別重逢呢！」

賈母說：「好！好！這樣更能和睦相處。」

於是，寶玉在黛玉身邊坐下，再細細打量，並問：「妹妹可曾讀書？尊名是哪兩個字？」

黛玉都回答了。寶玉又問她有何字，黛玉道：「無字。」

寶玉便說：「我送妹妹一個字——『顰顰』。因爲古書上曾說，西方有種石頭叫『黛』，可以當做畫眉毛

字：人的別號。

顰：音ㄆㄧㄣˊ，皺眉，憂愁不樂的樣子。

的墨，而林妹妹叫『黛玉』，眉毛微蹙，所以取『顰顰』爲字，豈不妙哉？」

探春在旁笑道：「恐怕這是寶玉瞎編的。」

寶玉卻又問黛玉：「妹妹可也有玉嗎？」

黛玉心想寶玉自己是銜玉而生，所以想問問她是否也有玉，便答道：「我沒有。我想你那玉是稀罕的東西，豈能人人都有？」

寶玉一聽，竟發起癡狂病來，摘下那玉，狠命往地上摔，罵道：「什麼罕物，連人的高低都不會分，還說『通靈』呢！我不要它了。」

這下子，大家全嚇壞了，搶著去撿那玉。賈母一把摟住寶玉，說道：「你這是做什麼？你要是生氣，打人罵人都行，爲什麼要摔那命根子？」

林黛玉進了賈府，寶玉質疑連這神仙似的妹妹都沒玉，便打算將自己的玉丟掉。

寶玉哭著說：「家裡的姊姊妹妹都沒有玉，單單我有，我就覺得沒趣了。現在來了這個神仙似的妹妹，竟然也沒有，可見這不是好東西！」

賈母聽了，便哄寶玉說：「林妹妹原來也有玉的，只因你姑媽去世時，捨不得你妹妹，就將她的玉帶去，一則全殉葬之禮，盡你妹妹的孝心，二則你姑媽之靈就好像時時看見女兒一樣。所以，剛才她就說沒有玉，也是不便在大家面前誇張這件事啊！」

賈母說完，就將丫鬟手中的玉接過來，親自幫寶玉戴上。而寶玉覺得祖母說得合情合理，也就不發脾氣了。

接下來，賈母安排了黛玉睡覺的地方，又給了她好幾個丫鬟和嬤嬤，供她使喚。其中一個叫鸚哥的，原本

殉葬：古時候用活人陪葬稱「殉葬」。

是賈母自己的貼身丫頭，也給了黛玉。

這天晚上，黛玉到很晚的時候還沒睡，寶玉的丫鬟襲人便進來探視。這襲人原來也是賈母的丫鬟，本名叫珍珠，心地純良，做事認眞，所以賈母便叫她去服侍寶玉。寶玉知道她本姓花，又曾經看過「花氣襲人」這樣的一句詩，於是就跟賈母說，把珍珠改名爲襲人。這襲人有些癡處，她服侍賈母時，心中只有賈母，如今跟了寶玉，心中又只有寶玉一個。

黛玉看襲人來了，趕緊讓坐。襲人笑問：「姑娘怎麼還不睡？」

鸚哥在一旁說：「林姑娘在傷心落淚呢！她說：『我今兒才來到這裡，就惹出寶玉的狂病來，如果眞摔壞了那塊玉，豈不是我的過錯！』所以林姑娘傷心，我勸了好半天呢！」

襲人聽了說：「姑娘快別這樣，將來只怕比這個更奇怪的笑話還有呢！要是爲他這種行爲多心傷感，只怕妳傷感不完了。快別多心吧！」

黛玉說：「姊姊們說的，我記著就是了。」於是，黛玉便安歇了。

第二天一早，黛玉一起床便去向外祖母請安，接著又去王夫人那兒問安。這時，王熙鳳也在王夫人房裡，兩人正拆看金陵來的信。

原來，王夫人的妹妹嫁入金陵一個姓薛的富商家，她的丈夫很早就去世了，於是她便非常溺愛唯一的兒子薛蟠，使得薛蟠驕蠻無禮，經常惹是生非。前陣子，他爲了搶一個丫頭，竟然打死人命，因此吃上官司。但薛家倚仗著財勢，花了許多銀子，就把案子給壓了下來。事後，薛姨媽便決定帶著薛蟠和他的妹妹薛寶釵離開金陵，到賈府去找王夫人。

提起薛、王、賈這幾家人，就不能不說到當時流傳在民間的一首俗謠：

賈不假，白玉為堂金作馬。

阿房宮，三百里，住不下金陵一個史。

東海缺少白玉牀，龍王請來金陵王。

豐年好大雪，珍珠如土金如鐵。

這首俗謠的第一句話裡有個「賈」字，第二句話裡有個「史」字，第三句話裡有個「王」字，第四句話裡有個「雪」字，分別代表了賈、史、王、薛這四個大家族。俗謠的意思是說：「賈府財勢浩大絕不虛假，他們

阿房宮：秦始皇所建的宮殿，從驪山到咸陽，長達三百里。

用白玉砌廳堂，用黃金鑄成馬。阿房宮方圓有三百里那麼大，卻住不下金陵那家姓史的。東海龍王缺少一張白玉牀，還要請求王家來幫忙。薛家財力豐厚，把珍珠看成土，黃金當作鐵。」

這首俗謠雖然誇大，卻顯出賈、王、史、薛這四個家族是多麼財大勢大。而且，這四大家族還透過婚姻關係，互相的連在一起，比如說，賈母史太君是從史家嫁到賈家，而賈政娶了王家的女兒作媳婦，王夫人的妹妹嫁去了薛家，王夫人的內侄女王熙鳳又嫁進賈家；於是，這四大家族便緊緊連繫在一起，更加聲勢顯赫。而且，賈政的長女賈元春還被選入宮中，使賈家的勢力更上通朝廷。

當薛姨媽帶著子女來到賈府時，王夫人自然十分高興，賈母和賈政又都留他們在賈家長住，於是薛姨媽一家人便住進了賈府的梨香院。

話說那薛蟠雖然性情惡劣，但他的妹妹寶釵卻品格端正，而且容貌豐美，自從來到賈府後，便常跟著黛玉和迎春等姊妹們，一起讀書、下棋，或作針黹，大家相處得很好。而且寶釵行爲端正，又懂得做人處事的分寸，所以連丫鬟、下人們也喜歡她。

這種情形黛玉看在眼裡，便覺得鬱悶而不開心。因爲她原本深得賈母憐愛，又跟寶玉他們同坐同行，感情親密，現在卻突然來了一個薛寶釵，年紀雖大她不多，人緣卻比她好得多，她怎麼能不氣惱？

黛玉的這番心情，寶玉是一點也不了解，因爲在他心裡覺得，大家都一樣親密。然而，寶玉、黛玉是跟著賈母一起住的，他們兩個人相處的時間最多，彼此也最親密。但就因爲這樣，兩人之間的摩擦也最多，黛玉很容易便生氣落淚，寶玉只得時時道歉、陪不是。

第三回　神遊太虛・仙姑示警

這一天，東邊寧國府的梅花盛開，賈珍的妻子尤氏便來到西邊的榮國府，邀請賈母、邢夫人、王夫人等過去賞花；寶玉也跟著去了。

玩到中午時分，寶玉倦了，想睡午覺，賈珍的兒媳婦秦氏趕緊向賈母說：「我們這裡有收拾好的屋子，讓我帶寶叔叔去休息，老祖宗請放心。」

賈母知道秦氏是個做事溫柔和平的人，可說是她的重孫媳婦中最好的一個，所以很放心把寶玉交給她。

秦氏帶著寶玉來到一間上房，寶玉一抬頭，看見房中掛著一幅畫，畫的是一個人在夜裡讀書的情景，旁邊還寫著：「世事洞明皆學問，人情練達即文章。」這些可都是寶玉不喜歡的，於是忙說：「快出去！快出去！」

秦氏笑道：「這麼精美的房間都嫌不好，那還想去哪兒呢？不然睡我屋裡吧！」寶玉聽了，點頭微笑。

旁邊一個嬤嬤說：「哪有叔叔睡在姪兒房間的道理呢？」

秦氏又笑著說：「嗳喲喲，他才多大年紀，就忌諱這些？上個月妳沒看見我弟弟來，他雖然跟寶叔叔同年，可是恐怕要比寶叔叔高呢？」

寶玉說：「我怎麼沒見過妳弟弟？帶他來讓我瞧瞧

吧！」

大家聽了都笑：「他住的離這兒有二、三十里遠呢，怎麼帶來？以後有機會見面的啦！」

於是，寶玉一行人便往秦氏的房中走去。剛到門口，就聞到一股細細甜甜的香味，寶玉連說：「好香！好香！」更覺得睡眼朦朧、筋骨酥軟。

這房裡也掛著一幅畫，畫中有美人，還有一副對聯：「嫩寒鎖夢因春冷，芳氣襲人是酒香。」房中的擺設更是華麗考究，寶玉看了笑著說：「這裡好！這裡好！」

秦氏也笑說：「我這屋子大概神仙也可以住得了。」說著，親自整理了被褥。於是，眾人服侍寶玉睡下，便散去了，只留襲人、秋紋、晴雯、麝月四個丫鬟陪伴寶玉。

那寶玉一闔上眼，就恍恍惚惚睡著了。在夢中，他彷彿又看到秦氏，便跟著她悠悠蕩蕩的往前走。走著走著，來到一個地方，那兒的石頭白、欄杆紅、樹木綠、溪水清，而且沒有人煙，不見飛塵。

寶玉來到這兒，十分歡喜，他想：「我要是能在這裡度過一生，強過天天被父母老師管教，縱然失去了家也願意。」

寶玉正胡思亂想著，忽然聽見一陣歌聲，這歌聲傳自山後，是個女子的聲音。不一會兒，一個像仙人般的美女，翩然裊娜的出現了。

寶玉連忙上前作揖問道：「神仙姊姊不知從哪裡來？要往哪裡去？我不知道這兒是何處，希望您能指點

裊娜：身體柔美搖擺的樣子。

作揖：拱手行禮。

指點我。」

那仙姑笑道：「我住在離恨天上，灌愁海中。我是放春山遣香洞太虛幻境的警幻仙姑，負責掌管人間男女感情的債務。近來此處的癡男怨女特別多事，所以我前來查訪。這兒離我那太虛幻境不遠，你可願隨我一遊？」

寶玉一聽，便跟著仙姑走了，根本忘了秦氏。他們來到一座石牌前，牌上橫書著「太虛幻境」四個大字，兩邊的對聯上寫著：

「假作眞時眞亦假，無爲有處有還無。」

意思是說：把假的當作眞的來看，那麼，眞的也變成假的了；把沒有的說成有的，那麼，有的也成爲沒有了。

轉過這牌坊，便是一座宮門，上面橫書四個大字：「孽海情天」，兩邊的對聯上寫著：

「厚地高天，堪嘆古今情不盡；
癡男怨女，可憐風月債難償。」

意思是說：情意比天高、比地厚，令人嘆息的是從古到今情意沒有完了的時候；癡情男子、哀怨的女子，令人憐惜的是愛情的債永遠難以償還。

寶玉看了這些，心中想道：「原來如此。以後，我倒要領略一下什麼是『古今之情』、『風月之債』。」接著，他又隨仙姑進入二層門內，只見處處寫著：「癡情司」、「結怨司」、「朝啼司」、「秋悲司」等等，便說道：「仙姑，可以領我到各司中遊玩嗎？」

仙姑道：「各司中存放了許多文件簿冊，登錄著全天下所有女子的過去和未來，你這凡人肉眼，是不便先知道的。」

寶玉聽了，更是再三央求。仙姑無奈，便說：「也罷，就帶你在這個司裡看看吧！」

寶玉喜不自勝，抬頭一看，這是「薄命司」。他們進去後，看見十幾個大櫥子，上面都貼了封條，封條上寫著各省地名。寶玉便挑了自己家鄉的來看，只見封條上寫著：「金陵十二釵正册」。警幻仙姑在旁說道：「這是貴省中最重要的十二個女子的名册。」

寶玉問道：「常聽人說金陵很大，怎麼只有十二個女子？就算只看我家，上上下下就有幾百個女孩了。」

警幻冷笑著說：「貴省女子雖多，也只是選擇重要的記錄，下邊兩個櫥子還有些次要的，其餘平庸的女子，就沒有記錄了。」

寶玉一看，果然還有「金陵十二釵副冊」和「金陵十二釵又副冊」。他便伸手拿了「又副冊」來看，只見這冊中第一頁上有幅畫，既非人物，也沒有山水，只是墨色渲染的一團烏黑雲霧，旁邊還寫著：

「霽月難逢，彩雲易散。心比天高，身爲下賤。
風流靈巧招人怨，壽夭多因毀謗生，
多情公子空牽念。」

意思是說：雨後的明月多麼難遇，天空的雲彩容易飄散。剛強的心比天還高，但身爲奴婢是那樣低賤。美麗聰明招人怨恨，短命而亡是因爲遭到誣陷，那多情的公子只有空自牽掛思念了。

寶玉又看「副冊」，有一頁畫著一株桂花，花下有

「霽月難逢……空牽念」：這是晴雯的判詞，說她受了冤屈而死。

個乾枯的水池，池中的蓮花已經凋殘了。後面還寫著：

「根並荷花一莖香，平生遭際實堪傷。
自從兩地生枯木，致使香魂返故鄉。」

意思是說：蓮花亭亭玉立、清香撲鼻，但她一生的遭遇卻令人感傷，自從碰上了桂花之後，便使得她失去生命，魂歸故鄉。

看了這些畫和詞句，寶玉實在弄不懂其中的含意，便又去拿「正冊」來看。只見第一頁上畫著兩株枯木，枯木上掛著一條玉帶；旁邊又有一堆雪，雪裡埋著一根金簪。同時，也寫了四句言詞：

「可嘆停機德，堪憐咏絮才。
玉帶林中掛，金簪雪裡埋。」

意思是說：可嘆雖然有賢妻的美德、詩人的才情，

「根並荷花……返故鄉」：這是香菱的判詞，說她碰到夏金桂之後，便失去性命。

「可嘆停機德……雪裡埋」：這是寶釵、黛玉的判詞。「停機德」的典故，是來自東漢時樂羊子之妻割斷織布機上的經線，以勸告丈夫不可中斷學問，要求取功名；用此比喻寶釵。「詠絮才」的典故，是來自晉朝謝道韞曾以「未若柳絮因風起」來形容下雪的景況，而受謝安讚賞；用此比喻黛玉。

卻像是白玉帶子被掛在樹林中，金製髮簪被埋在雪堆裡，都沒有得到最好的歸宿。

寶玉仍然十分不解，想要問仙姑，又想她一定不肯透露；但是如果不看了，又捨不得。於是，寶玉繼續往下看，只見後面幾頁仍然是一幅畫配著幾句詞，有的畫著一塊美玉落在汙泥裡，有的畫一隻惡狼在追撲美女，有的畫著一個美人獨坐在古廟裡看經。

仙姑知道寶玉天分高明，性情聰穎，怕他如果再看下去，恐怕會洩漏仙機，於是把寶玉手上的卷冊合了起來，笑著跟他說：「隨我去遊玩奇景吧，別在這裡猜那些謎了。」寶玉恍恍惚惚的，跟著警幻到了後面的宮殿，只聽警幻說：「妳們快出來迎接貴客。」

幾個衣帶飄舞的嬌美仙子走了出來，她們一見到寶玉，竟埋怨警幻說：「姊姊不是說今天要接絳珠妹妹來玩嗎？怎麼帶了這個濁物，來汙染清淨的女兒之境？」

寶玉一聽，嚇得想退開。警幻忙拉住寶玉的手，向姊妹們說：「我今天原本要去榮府接絳珠，但是碰到了寧國公和榮國公的靈魂，他們囑咐我好好開導寶玉，這孩子雖性情乖張，但也有聰明之處，賈家這一族未來的希望，全寄託在他身上了。所以我才把他帶來，讓他看看金陵女子的名册，再經歷一番仙境的美酒、美食和美女，也許可以讓他覺悟一些道理。」

說著，仙姑帶寶玉到室內。入座後，丫鬟陸續捧來美酒茗茶，那茶酒的香氣都不是凡間所有，而是由仙境中的花木採集釀造而成。

飲酒間，上來了十二名跳舞的女孩，她們問要表演什麼調曲。警幻說：「就將新製的『紅樓夢』十二支演上來吧！」

仙姑又叫小丫鬟拿了「紅樓夢」的原稿來，讓寶玉一面聽歌，一面看歌詞。那歌詞中有幾句是：

「都道是金玉良緣，俺只念木石前盟。……想眼中能有多少淚珠兒，怎經得秋流到冬，春流到夏。……喜榮華正好，恨無常又到。……」

女孩們一聲聲、一句句唱著，寶玉卻覺得沒什麼趣味。警幻在旁嘆氣道：「癡兒竟尚未覺悟！」

寶玉一聽，趕忙請女孩不必再唱，而且說自己醉了想睡。於是仙姑帶寶玉到一房中，那房裡已經有個女子，長得既像寶釵又像黛玉。

警幻對寶玉說：「今天我是受了你的祖先寧、榮二公的囑咐，才帶你來到這太虛幻境，讓你享受仙境的靈酒、仙茗和妙曲，現在再把我的妹妹可卿，許配給你，讓你們今夜成婚。凡是屬於仙界的種種美好事物，你都經歷過之後，便應該了解人間的那些事物不值得留戀，從今以後就要改掉以往的性情，將心思用於求取功名。」

於是，警幻將寶玉和可卿留在房中。二人相處甚歡，第二天並攜手一同出去遊玩。他們走到一個地方，忽然看見滿地荊棘、狼虎同群，迎面還有一條黑溪擋住了去路。這時，警幻從後面追來，說道：「別往前走，快快回頭！」

寶玉停下來問：「這是什麼地方？」

警幻說：「這是『迷津』，深有萬丈，綿延千里。

迷津：佛家語，指迷妄的境界。佛家說世上所有的聲色貨利，都能使人迷失本性。

你今天來到這裡，如果沈淪下去，就太辜負我先前的一番警誡了。」警幻的話還沒說完，就聽見迷津裡響起了如雷的水聲，竟跑出一群夜叉海鬼，要將寶玉拖下水。

寶玉嚇得失聲大叫：「可卿救我！」

他這一叫，嚇得襲人等幾個丫頭都跑過來，摟著寶玉說：「別怕別怕，我們在這裡。」

這時候，留在房外的秦氏聽見寶玉在夢裡喊著「可卿」，便覺得納悶：「這裡並沒有人知道我的小名叫可卿，爲什麼他會在夢裡叫出來？」

被惡夢嚇醒的寶玉，顯得迷迷糊糊。回到榮國府後，襲人偷偷問寶玉，寶玉就把夢裡的事告訴襲人。襲人比寶玉大兩歲，聽了寶玉的話便不禁笑他，但也因爲知道了這件事，使得他們兩人的關係比以前更親密了。

夜叉：原意是指行動迅速的惡鬼。後來多用來指容貌醜陋、性情凶惡的人。

第四回　初遇秦鐘・緣識金鎖

話說上回寶玉到寧國府時，聽說秦氏有個弟弟跟他一樣大，便很想認識認識。剛好，這一回鳳姐帶著他又到寧府做客，就碰上了秦氏的弟弟秦鐘。

秦氏笑嘻嘻的告訴寶玉：「我兄弟正在書房裡呢，寶叔要不要去瞧瞧？」

寶玉正準備要去，鳳姐卻說：「何不請這秦小爺進來，我也瞧一瞧。難道我見不得他嗎？」

尤氏聽了笑說：「罷了，罷了！人家可是個斯斯文文文的小孩，要是見到妳這個潑辣貨，可要笑話啦！」

鳳姐說：「普天下的人，我不笑話就罷了，難道一個小孩兒敢笑話我！」

這時賈蓉在一旁說：「不是這樣，是那孩子生得害羞，沒見過什麼大世面，要是嬸子您見了，可別生氣。」

鳳姐說：「不管他什麼樣子，我都要見一見。你別囉嗦了，再不帶來，我給你一頓好嘴巴！」

賈蓉笑笑說：「我這就帶他來。」

一會兒，賈蓉帶來一個眉清目秀，粉面紅唇，身材俊俏，舉止風流的少年進來。這少年比寶玉瘦些，看起來似乎比寶玉更迷人，只是羞羞怯怯的，有點兒像女孩子。他羞澀的、腼腆含糊、慢條斯禮的向鳳姐作揖問好。

鳳姐開心的推推寶玉，笑著說：「被比下去了！」然後伸手拉著秦鐘，叫他坐在自己身邊，慢慢的問他：幾歲了，讀什麼書，弟兄幾個。秦鐘一一答應著。

這時，鳳姐的丫鬟們想到她今天第一次見秦鐘，卻沒帶什麼禮物，於是趕忙回榮府去，告訴鳳姐的大丫鬟平兒，請她準備見面禮。平兒知道鳳姐與秦氏感情很好，所以送給秦鐘的見面禮不能太薄，便自做主張選了一匹布、兩個「狀元及第」的小金錁子送去。

鳳姐給了秦鐘見面禮之後，就跟尤氏、秦氏玩牌去了。寶玉跟秦鐘便有機會聊起天來。

寶玉自從一見到秦鐘，心中便呆呆想著：「天下竟有這樣人品出衆的人物，跟他比起來，我就像泥豬癩狗

錁：用金或銀鑄成的小元寶。

了。可恨我是生在官宦之家，要是生在一般人家裡，早就可以跟他結交朋友了。我雖然有錦衣玉食，但實在是不配享用，『富貴』二字算是被我糟蹋了。」

而秦鐘看到寶玉舉止不凡、衣著講究，心中也想著：「難怪寶玉那麼得人寵愛。可恨我生於清寒之家，不能與他結識，可見『貧困』二字眞是限制人，是世間上令人大不快樂的事。」

兩人心中雖胡思亂想著，但聊起天來，還沒說上幾句話，就覺得非常投契。寶玉問秦鐘讀什麼書，秦鐘說：「我的老師去年過世了，我父親年紀大又生病，公務又忙，所以沒有再請老師，我就一個人在家溫習舊功課。不過，讀書要有一、二個知己相伴，大家時常討論，才能有所進步。」

寶玉連忙說：「正是呢！我們有個家塾，只要家族中有不能請老師的，就可以入塾讀書，親戚子弟也可以附讀。我的老師去年回家去了，我父親有意送我去家塾溫習舊課，等明年老師回來，再回家裡讀書。只是因爲我祖母怕家塾裡人多淘氣，又因爲我先前病了幾天，所以一直還沒去。現在，你也到我們塾中來讀書吧，大家做個伴。」

秦鐘笑著說：「我父親也聽說這裡家塾很好，如果能進來讀書，那眞是太好了，希望可以快快達成這個願望。」

寶玉說：「放心，放心！我們待會兒就告訴你的姊姊、姊夫和璉二嫂子，回去我再稟告祖母，事情一定很快就可以成啦！」

寶玉回去榮府之後，馬上就把秦鐘的事告訴了賈母，鳳姐也在一旁說秦鐘改天會來拜見老祖宗，賈母聽了自然很高興。

過了兩天，寶玉忽然想起薛寶釵最近生病，他還沒去探望她，於是趕緊往梨香院走去。

寶玉到了梨香院，先去向薛姨媽請安。薛姨媽見了寶玉，一把拉住他抱入懷中，笑著說：「我的兒！這麼冷的天，難爲你想到要來。快上炕來坐著吧！」

寶玉問：「哥哥不在家？」

薛姨媽嘆氣說：「他是沒籠頭的馬，天天忙得不得了，哪裡肯待在家裡。」

寶玉又問：「姊姊身體好了嗎？」

薛姨媽說：「好多了。她在裡間，你進去瞧她，裡

炕：在中國大陸北方各地，常用磚或泥胚在屋裡砌成一個台，在上面睡覺；下面有空洞，可以燒火取暖。這台子就叫「炕」。

間比這兒暖和。」

寶玉來至裡間，看見寶釵坐在炕上做針線活兒。寶釵身穿棉襖棉裙，頭髮光滑漆黑，雖然沒有化妝，卻仍然嘴唇紅潤，眉毛烏黑，看來自有一股淡雅的氣質。

寶玉一面看著寶釵，一面問：「姊姊可都好了？」

寶釵見寶玉進來，連忙起身，笑著說：「已經好了，多謝你記掛著我。」

寶釵請寶玉在炕沿坐下，又叫丫鬟鶯兒給寶玉倒茶來。寶釵一一問老太太、姨娘、各姊妹是否都好，一面看著寶玉身上的穿戴，並笑著說：「整天聽人說起你那塊玉，卻從來沒有細細鑑賞過，今天我可要好好兒瞧瞧。」

寶釵說著便挪近前來，寶玉也湊上去，把脖子上的玉摘下來，遞給寶釵。

原來這玉就像雀卵一般大，晶瑩溫潤，光彩燦爛，還有五色花紋環繞在上面。這玉正是當年青埂峰下的那塊石頭所變的，上面還有僧人刻的字，正面是：「莫失莫忘，仙壽恆昌。」背面是：「一除邪祟，二療冤疾，三知禍福。」

寶釵把玉拿在手上，口中喃喃唸著：「莫失莫忘，仙壽恆昌。」唸了兩遍，發現鶯兒站在旁邊，便說：「妳不去倒茶，在這兒發什麼呆？」

鶯兒嘻嘻笑著說：「我聽這兩句話，倒像和姑娘項圈上的兩句話是一對的。」

寶玉聽了說：「原來姊姊的項圈上也有八個字，我也要鑑賞鑑賞。」

寶釵說：「你別聽她的話，沒有什麼字。」

寶玉笑著說：「好姊姊，妳都看了我的呢！」

寶釵只好說：「是有個人給了兩句吉利話，所以鏨在金鎖片上，天天戴著；不然，沈甸甸的有什麼趣味。」

寶釵把項圈從衣服裡掏出來，寶玉接過來一看，果然正反面各刻了四個字，分別是：「不離不棄，芳齡永繼。」寶玉唸了兩遍，又唸自己的兩遍，就笑著說：「姊姊這八個字倒眞與我的是一對。」

鶯兒說：「這字是個癩頭和尚送的，他說必須鏨在金器上……」

不等鶯兒說完，寶釵便叫她倒茶去了。

此時，寶玉聞到一陣涼森森、甜絲絲的幽香，就問

鏨：音：ㄗㄢˋ，在金石上雕刻稱爲「鏨」。

不離不棄

芳齡永繼

寶玉拜訪寶釵，兩人拿出項圈鑑賞，發現項圈上的字，正是一對。

道：「姊姊熏的是什麼香，我竟從來沒聞過這味兒？」
寶釵說：「我最怕熏香，好好的衣服熏什麼香？」
寶玉說：「既然如此，哪來的香味？」
寶釵想了想，笑著說：「是了，是我早上吃了丸藥的香氣。」
寶玉笑道：「什麼丸藥這麼好聞？好姊姊，給我一丸嘗嘗。」
寶釵笑說：「又混鬧了，藥也是混吃的嗎？」
兩人正笑談著，忽然聽見外面有人說：「林姑娘來了。」
林黛玉搖搖的走進來，一看到寶玉就笑著說：「噯喲，我來的不巧了！」
寶釵問：「這話怎麼說？」

黛玉笑道：「早知他來，我就不來了。」

寶釵說：「這我就更不懂了。」

黛玉又笑著說：「要來大家都來，要不來一個也不來；不如今兒他來，明兒我來，如此豈不天天有人來？這樣就不至於太冷落，也不至於太熱鬧了。姊姊怎麼反而不懂這意思？」

寶玉這時看見黛玉罩著一件大紅褂子，就問：「下雪了嗎？」

旁邊的婆娘說：「下了好半天雪珠了。」

寶玉問：「我的斗蓬拿來了沒有？」

黛玉便說：「妳看是不是，我來了他就要走了。」

寶玉笑說：「我什麼時候說要走？不過是要她們拿來預備著。」

褂子：罩在袍子外面的衣服。

寶玉的奶娘李嬷嬷便說：「我叫丫頭去取斗蓬，你就在這裡跟姊姊妹妹一起玩玩吧！是不是讓小廝們都先散了呢？」

寶玉答應了，李嬷嬷便出來叫小廝們各自散去。

這時，薛姨媽準備了幾樣茶果和鵝掌鴨舌，要請寶、黛二人嘗嘗。寶玉笑著說：「這要配酒才好。」

薛姨媽便叫人去拿最上等的酒來。寶玉吩咐道：「我的酒不必溫熱，我只愛吃冷的。」

薛姨媽忙說：「這可使不得，吃了冷酒，寫字時手會發抖。」

寶釵也說：「寶兄弟，你難道不知酒性最熱，如果熱著吃下去，發散得快；如果冷的吃下去，便凝結在身體裡，要用五臟去暖它，這豈不受害？你還是改一改，快別喝冷酒了。」

寶玉聽了，便放下冷酒，叫人溫了再喝。

黛玉在一旁磕瓜子，聽他們對話，只抿著嘴笑。恰好這時黛玉的小丫頭雪雁送來一個小手爐，黛玉便笑著問她：「誰叫妳送來的？怕我冷死不成？」

雪雁說：「紫鵑姊姊怕姑娘冷，叫我送來的。」

黛玉一面接過來，一面笑說：「我平常跟妳說的，妳全當耳旁風，怎麼她說了妳就聽，比聖旨還快！」

寶玉聽這話，知道是在諷刺自己，但是沒說什麼，只嘻嘻笑了笑。寶釵也知道黛玉就是這個脾氣，所以也沒理她。只有薛姨媽說：「妳素來身子弱，禁不得冷，她們記掛著妳不好嗎？」

黛玉笑說：「今天幸虧是在姨媽這裡，如果在別人家，人家難道不會生氣，以爲我們嫌人家沒有手爐，還巴巴的從家裡送來。」

薛姨媽說：「妳這個多心的才這麼想，我就沒有這個心。」

大家說話間，寶玉已經喝了三杯酒。李嬤嬤忙上來攔阻，但寶玉央求著想再喝，李嬤嬤便說：「今兒老爺在家，小心他要考你念的書！」

寶玉一聽，心中大不自在，慢慢的放下酒，頭也垂下了。

黛玉忙說：「別掃大家的興，舅舅若叫，只說姨媽這裡留住你……」一面悄悄的推寶玉，低聲說：「別理那老貨，咱們只管樂咱們的。」李嬤嬤不知黛玉的意思，說道：「林姐兒，妳不要助著他了。妳倒勸勸他，他恐怕還聽一些。」

黛玉冷笑著說：「我爲什麼助他？我也犯不著要勸他。妳這嬤嬤太小心了，往常老太太也給他酒吃，爲什麼在姨媽這裡就不能多吃一口？想來妳是把姨媽當做外人了。」

李嬤嬤聽了，又是急，又是笑，說道：「眞眞這林姐兒，一句話比刀子還尖！」

寶釵也忍不住笑，擰了一下黛玉的腮，說道：「眞眞這顰丫頭的一張嘴，叫人恨又不是，喜歡又不是。」

薛姨媽在一旁說：「別怕，別怕，我的兒！只管放心吃吧，都有我呢！索性在這吃了晚飯再回去，要是醉了，就跟著我睡吧！」接著命人：「再燙熱酒來！」

寶玉這才又鼓起興來。薛姨媽陪寶玉再吃了幾杯酒後，趕緊哄著他吃飯。好不容易大家都吃飽了，便砌上濃茶來，薛姨媽這才放下心。

一會兒，丫頭們也吃飽飯，進來伺候。黛玉問寶玉說：「你走不走？」

寶玉斜瞇著眼說：「妳要走，我就和妳一起走。」

黛玉聽了，便起身說；「咱們來了這麼久，也該回去了，不知道那邊是不是在找我們呢！」

這時，小丫頭忙捧著寶玉的斗笠過來，才往寶玉頭上一戴，寶玉便叫：「罷，罷！好蠢的東西，妳也輕一點兒！難道沒見別人戴過？讓我自己戴吧！」

黛玉在一邊說：「囉嗦什麼？過來，我瞧瞧吧！」

寶玉連忙過去。黛玉伸手整理一番，並仔細看了一看，才對寶玉說：「好了，披上斗篷吧！」

於是，寶玉披上斗篷，兩人一起回賈母房中去了。

第五回　大鬧學堂・可卿病逝

寶玉去探視寶釵後的第二天，賈珍就帶著秦鐘來到榮府，寶玉連忙引他們去拜見了賈母和王夫人等。大家看到秦鐘的人品，都覺得他適合陪寶玉讀書，因此十分歡喜。

到了寶玉和秦鐘約好要上學的這一天，襲人一大早就把寶玉要用的書筆文物都包好了。寶玉起床時，卻看見襲人一臉悶悶的樣子，便問她說：「好姊姊，妳怎麼了？難道我去上學，妳們怕冷清不成？」

襲人笑道：「這是哪裡話。讀書是極好的事，不然就潦倒一輩子。只是你別顧著和人玩鬧，被老爺知道了可不是玩的。還有，身子也要保重，你的皮襖、手爐、腳爐，我都準備好了。」

寶玉說道：「你放心，到外頭我自己會處理。你也別悶在這屋裡，可以常和林妹妹一起玩玩。」

說著，襲人一面服侍寶玉穿戴整齊，一面催寶玉去見賈母、賈政和王夫人。

寶玉一一去辭過長輩後，又特別到黛玉房中作辭，對她說道：「好妹妹，等我下學回來再吃飯，再一起製胭脂膏子。」

黛玉問道：「你怎麼不去辭辭你的寶姊姊呢？」

寶玉笑而不答，就和秦鐘上學去了。

在賈家的家塾中讀書的，都是一些親戚子弟，這些人可說是龍蛇混雜，其中難免有頑劣粗鄙的人。寶玉、秦鐘二人進來讀書後，有人見他們感情親密，便在背地裡造謠，惡意中傷他們。

有一天，家塾中的老師賈代儒有事出去，吩咐他的孫子賈瑞，暫時代他管理家塾。有個叫金榮的學生，便趁著老師不在，故意找秦鐘麻煩，說了許多難聽的話來羞辱秦鐘。

這時，寶玉的書僮茗烟，聽到秦鐘被欺負，竟衝進學堂裡，揪住金榮大叫：「姓金的，你是什麼東西！」

賈瑞連忙吆喝：「茗烟不得撒野！」

金榮氣黃了臉，說：「反了！奴才小子竟敢如此，我只和你主子說話！」便伸手想去抓打寶玉、秦鐘。

此時，突然又有人把一塊硯丟過來，想砸茗烟，但是卻砸到賈菌的桌子上，濺了一灘黑水。賈菌跳出來，要揪打那個丟硯的人。

金榮此時隨手抓了一根大板，就地揮舞起來。茗烟立刻挨了一板，便亂嚷：「你們還不來動手！」

茗烟這麼一喊，寶玉的三個小廝馬上抓起了門閂、馬鞭子，蜂湧而上。賈瑞急得攔一回這個，勸一回那個，但是，誰聽他的話？

一時間，天下大亂。調皮搗蛋的學生，趁機跟著胡鬧打架；膽小怕事的學生，嚇得躲在一旁；還有些學生，竟然站在桌上，拍手笑著喊打。

後來，幾個陪著寶玉來的大僕人，在外頭聽見學堂裡造反了，連忙跑進來喝止。一個叫李貴的僕人，是寶玉奶媽的兒子，他把茗烟等四個人罵一頓，趕了出去。

秦鐘被金榮的板子打破了頭，寶玉一面替他揉，一面喊道：「李貴，收書！拉馬來，我們回去！」

秦鐘哭著說：「有金榮，我就不在這裡念書了。」

寶玉便問李貴：「金榮是哪一房的親戚？」

李貴想了一想說：「也不用問是哪一房的親戚，免得傷了兄弟的和氣。」

茗烟卻在窗外說：「金榮是璜大奶奶的侄兒。」

寶玉冷笑道：「原來是璜嫂子的侄兒，我這就去找她問一問！」

此時，賈瑞怕事情鬧大了，只好委屈著央求秦鐘和寶玉。寶玉便說：「要我們不回去可以，只要叫金榮賠不是就罷了。」

金榮先是不肯，後來賈瑞、李貴都來勸他，他只好去向秦鐘作了揖。沒想到，寶玉卻要求金榮一定要磕頭。

金榮見寶玉等人多勢衆，只好無奈的給秦鐘磕頭賠罪，這才了事。但金榮回家後越想越氣，把這事告訴了他母親，他母親又說給璜大奶奶聽。

璜大奶奶只不過是賈家一個族人賈璜的妻子，他們的家勢遠比不上寧、榮二府，但璜大奶奶聽說姪兒受了氣，竟忍不住上寧府去，想找秦鐘的姊姊秦可卿出來評評理。

到了寧府，她先見過賈珍的妻子尤氏，便問道：「怎麼沒看見蓉大奶奶？」

尤氏道：「她這些日子不知怎麼了，常常無精打采，眼神發眩。我便叫她好好休養，別再累著了。偏偏今天早上她兄弟來了，竟然把昨兒學堂裡打架的事告訴她，害得我那媳婦又氣又惱，連早飯也沒吃。我現在想到她的病，心裡就焦急得不得了。」

聽到尤氏這麼一說，那璜大奶奶再也不敢提金榮的事，只坐了一會兒，便告辭回去。

這邊寧府裡忙著給秦可卿請大夫，一連好幾個大夫來看過，竟也說不準秦氏到底是生病了？還是懷孕了？

後來，賈珍請到一位精通醫理、學問淵博的先生，他爲秦氏把脈後，說道：「依我看，大奶奶是個心性高強、聰明不過的人；太過聰明的人，常有不如意的事；不如意的事常有，就會太過憂慮；這些其實就是病的根源了。」又說：「人病到這個地步，不是一朝一夕造成的，吃了藥以後，能不能痊癒，也要看醫緣了。」

大夫走了之後，尤氏向賈珍說：「從來沒有大夫像他說得這麼痛快，想必用的藥也不錯。」

賈珍道：「人家本來就不是混飯吃的行醫人，我們好不容易才求了他來，現在，媳婦的病或許有救了。」

沒想到，賈珍夫婦竟空歡喜一場。那秦氏的病又拖磨了一陣子，某夜，鳳姐睡眼朦朧中，彷彿見到秦氏從外走來，含笑說道：「我今天要回去了，因平日和嬸嬸感情相好，所以特來一別。我還有件心願未了，非告訴嬸嬸，告訴別人未必管用。」

鳳姐恍惚的說：「有何心願，妳只管託我就是了。」

秦氏道：「嬸嬸，妳是個脂粉隊裡的英雄，連那些束帶頂冠的男子也比不過妳，但妳怎麼沒想到兩句俗語：『月滿則虧，水滿則溢』，『登高必跌重』，我們賈家已顯赫了將近百年，如果哪天樂極生悲，應了那句『樹倒猢猻散』的俗語，豈不枉費了過去的聲名？」

鳳姐聽了這話，心中大快，十分敬畏，忙問道：「這話說的是，但有何法，可以永保無虞？」

秦氏冷笑道：「嬸嬸好癡也，否極泰來，榮辱自古周而復始，哪是人力可以常保不變的。但只要趁著現在榮華之時，預先籌畫將來衰敗時的世業，也算是常保永全了。如今，有兩件事需要辦妥。」

鳳姐問道：「是何事？」

秦氏說：「第一，目前祖塋雖有定時祭祀，但沒有固定的錢糧；第二，現在族裡雖有家塾，但沒有固定的

塋：墳墓。

供給。依我之見，應趁今日富貴時，在祖塋附近多購置田地、房舍，把家塾也設在這兒，以後祭祀和供給等費用就可以由此支付。這些田地、房舍的掌管，和祭祀、供給等事宜，便由族中各房輪流處理，免得有所爭執。日後如果族人犯了什麼罪，這祭祀產業也不會被充公；就算整個家族破敗了，子孫也可回家讀書務農，有個退路，祖塋祭祀亦可永保。」

秦氏說完這番話之後，又告訴鳳姐，近日賈家將有一件非常的喜事；最後，還送了鳳姐兩句臨別贈言：「三春去後諸芳盡，各自需尋各自門。」

鳳姐正想開口問話時，忽然被外面傳來的聲音給驚醒，有人來回報說：「東府蓉大奶奶沒了！」

鳳姐一聽，嚇得直冒冷汗，出了一回神，才匆匆忙忙換上衣服，到王夫人那兒去。

這時，全家上下都知道了，有人納悶，有人疑心。那長輩們，想到秦氏平日孝順；平輩們，想到她的和睦可親；晚輩們，想到她對人慈愛；家中僕婢，想到她憐貧惜賤，於是人人莫不悲嚎痛哭。

寶玉近日因黛玉回鄉探視生病的父親，就已覺得孤單無趣，這天晚上驚聞秦氏死了，心中像被戳了一刀似的，竟「哇」的吐出一口血來。

襲人和賈母都勸寶玉別去寧國府，寶玉哪裡肯依，立刻備車過去，在靈前痛哭了一場。

這邊賈珍也哭得像淚人一般，他說要「盡其所有」來爲媳婦料理後事。果眞，秦氏的喪禮辦得極爲隆重排場，賈珍還特別請來鳳姐，打點所有相關事宜。

至送殯之日，一路上也是熱鬧非常，大隊人馬出了城門後，便直奔鐵檻寺而去。這鐵檻寺是當年寧、榮二公修造的，現今族中有人去世便停靈於此。

當天晚上，送殯的衆人大都在鐵檻寺裡過夜，唯獨鳳姐覺得不方便，說要到附近的水月庵借住，於是帶了寶玉、秦鐘一起過去。

水月庵因爲做的饅頭很好，所以得了個渾號叫「饅頭庵」。庵裡有個叫智能兒的小徒弟，從小常跟著老尼淨虛到榮府走動，所以與寶玉、秦鐘很熟識。寶玉在饅頭庵的殿上看見智能兒時，笑著對秦鐘說：「你去叫她倒碗茶來給我。」

秦鐘道：「這就奇了，你叫她倒，還怕她不倒嗎？何必要我說呢？」

寶玉道：「我叫她倒是無情意的，你叫她倒卻是有情意的。」

原來，秦鐘與智能兒二人，彼此互相有愛慕之意，雖然他們未曾告訴別人，卻早被寶玉看在眼裡了。

秦鐘這時只好叫智能兒倒茶，智能兒眉開眼笑的倒了茶來，秦鐘笑說：「給我。」

寶玉也叫：「給我！」

智能兒抿嘴笑道：「一碗茶也爭，我難道手裡頭有蜜？」

結果寶玉先搶了吃，正要跟智能兒說話時，她就被叫去做事了。

在往後的兩天裡，秦鐘和智能兒私下約會了幾次，到了鳳姐要打道回府時，兩人都覺得依依難捨。

第六回　元春封妃・寶玉題額

話說賈府正忙著料理秦氏喪儀時，揚州又傳來了黛玉父親的死訊。黛玉要送父親之靈回去蘇州，因此又有一段時間無法與寶玉相聚。

寶玉此時想約秦鐘一起夜讀，沒想到秦鐘自饅頭庵回去後，便傷風咳嗽，不敢出門，只在家中休養。寶玉覺得很掃興，但也無可奈何。

這一天，正逢賈政過生日，寧榮二府的人都齊聚慶賀，熱鬧非常。忽然，有人來報，說宮中太監要來降旨。大家一聽，慌忙撤去酒席，擺上香案，跪下接旨。

那太監來到賈府，滿面笑容，只口頭上說：「特旨立刻宣賈政入朝，在臨敬殿陛見。」

賈政立刻換了衣服入朝，賈母等人都覺得惶惶不安，不停的派人飛馬來往報信。

過了兩個時辰左右，忽見管家氣喘吁吁的跑進來，說道：「奉老爺命，速請老太太帶領太太等進朝謝恩。」

賈母趕緊細問管家是怎麼回事，才知道原來是賈政的長女賈元春，晉封為鳳藻宮尚書，加封賢德妃。這下子，全家上上下下都顯得喜氣洋洋，賈母等人立刻坐上轎子，前往宮中謝恩。

然而，唯獨寶玉一人對此事毫不關心，賈母等如何

陛見：晉見皇帝。

時辰：我國古時候將一天二十四個小時分為子、丑、寅、卯、辰、巳、午、未、申、酉、戌、亥等十二個時辰，每個時辰等於兩個小時。

尚書：官名。三國時魏國曾有女尚書，但清朝並沒有，所以這裡只是作者杜撰的。

謝恩，衆人如何得意，親朋如何來慶賀，寶玉似乎都沒有看在眼裡。因此，大家便嘲笑他越來越呆了。

其實，寶玉這時心裡正記掛著秦鐘。前陣子，水月庵的智能兒私自逃出，跑進城裡來探視秦鐘，不經意被秦鐘的父親發現，而將智能兒趕走，又打了秦鐘一頓，自己因此氣得老病發作，沒幾天就一命嗚呼了。秦鐘本來就怯弱，又正生病，現在捱了打，又見老父氣死，心中悔痛無及，因此病況更加嚴重了。

還好黛玉不久便回到賈府，寶玉這才略略感到歡喜一些。他二人見面時，不免悲喜交集，大哭一陣。寶玉端詳著黛玉，心中覺得她越發顯得超逸了。黛玉帶回來許多書籍，還拿了些紙筆分送寶釵、迎春、寶玉等人。

接下來的日子裡，寧榮二府的各路人馬都變得異常忙碌，爲的是元妃將回賈府來探親，需蓋造省親別院，以迎接貴妃娘娘。寶玉因爲家中有這件大事，賈政不來問他讀書的情形，心中很是暢快；無奈秦鐘的病日重一日，也著實令人懸心。

這天一大早，茗烟忽然來報：「秦相公不中用了！」

寶玉聽說，急得立刻趕去。到了那兒，只見秦鐘面如白蠟，呼吸微弱，寶玉忙叫道：「寶玉來了，寶玉來了！」

秦鐘微微張開眼，勉強嘆道：「怎麼不早來？再遲一步就見不到了。」

寶玉含淚拉著秦鐘的手說：「有什麼話留下兩句。」

秦鐘道：「沒別的話。以前，你我自認爲見識高過世人，今日我知道錯了。以後還是該立志於功名，以榮耀顯達才是。」

說完，秦鐘長嘆一聲，便去世了。寶玉痛哭失聲，哀傷不已，卻也於事無補了。

賈府中，仍舊忙著興建省親別院。除了建造房舍殿堂之外，還修了亭台樓閣、假山池塘，同時要栽種花草樹木、打造金銀器皿。

又不知過了多久，省親別院終於完工。賈政預備在園內題些匾額對聯，於是帶著衆清客前往園內。

路上，賈政碰見寶玉從園裡出來。最近賈政剛好聽人稱讚寶玉很會對對聯，儘管他不愛讀書，但是倒還有些歪才情；於是，賈政命寶玉跟著他遊園。寶玉只得聽從，卻不知父親的用意。

眾人來到園門之前，迎面就看見一座翠綠的山，清客們都道：「好山，好山！」

只見這山上有險峻的白石，石上覆蓋著苔蘚、藤蘿等植物，其中隱約露出一條羊腸小徑。賈政道：「我們就從這條小徑走去，回來由那一邊出去，才可以把這座山遊遍。」

說畢，一群人進入山口。忽然，賈政抬頭看見山上有一塊如鏡面般的白石，正是留題之處，便回頭笑道：「諸公請看，此處題上何名才好？」

有人說該題「疊翠」二字，有人說可題「錦嶂」，也有人說題「賽香爐」、「小終南」等等。原來，眾人心中都知道賈政要寶玉跟來，就是要試試寶玉的才情，

清客：也稱「門下客」，古時候依附在官吏富貴人家，陪著主人談文論藝，湊趣玩樂的文人。

賽香爐、小終南：「香爐」，指江西省廬山的香爐峰；「終南」，指陝西省的終南山。「賽香爐」、「小終南」的意思是說，這裡的景致可比美香爐峰和終南山。

因此只說些俗套敷衍而已。寶玉這時也看出來了。

果眞，賈政聽完衆人所題之後，便回頭命寶玉也擬一題。

寶玉道：「我曾聽古人說：『編新不如述舊，刻古終勝雕今。』何況這裡並非主山正景，只是要從此處開始探訪其中景致而已，所以不如題上一句舊詩：『曲徑通幽』，倒還大方氣派。」

大家聽了，都讚道：「對極了！二世兄天分高，才情遠，不像我們讀死書的。」

賈政笑道：「不可謬獎。他年紀小，只不過以他知道的一點充當十點來用，讓人取笑罷了。等以後再選擬新題吧！」

說著，進入石洞來。只見眼前樹木青葱，奇花爭

編新不如述舊，刻古終勝雕新：與其自己編造新的詞句，還不如借用古人已用過的語句。

世兄：有世交的同輩互稱爲「世兄」，對世交的晚輩也稱「世兄」。

醉翁亭記：宋代文學家歐陽修所寫的一篇著名的遊記。

豔；花木深處，有一彎清流自石縫間流瀉而下。再往前有石橋一座，橋上有亭。賈政與諸人上了亭子，倚著欄杆坐下，問道：「諸公以何題此？」

眾人都說：「當年歐陽公〈醉翁亭記〉中有一句：『有亭翼然』，就題『翼然』吧！」

賈政笑道：「『翼然』雖佳，但這亭下有水，依我拙見，歐陽公還有一句：『瀉出於兩峰之間』，就用他這一個『瀉』字吧！」

有人在旁說道：「好極了！用『瀉玉』二字妙。」

賈政聽了，拈髯思考著，抬頭見到寶玉，便笑著命他也擬一個來。

寶玉連忙回答：「老爺剛才題的沒錯。但此處是貴妃省親之處，用一『瀉』字覺粗陋不雅，請再擬一個比較含蓄的。」

賈政笑道：「諸公聽這是何論調？剛才衆人編新，你說不如述古；現在我們述古，你又說粗陋不妥。你且說你的來讓我聽聽。」

寶玉道：「用『瀉玉』二字，則不如用『沁芳』二字，豈不新雅？」

賈政拈髯點頭不語，衆人都附和著稱讚寶玉才情不凡。

賈政又說：「題匾上二字容易，再作一副七言對聯出來。」

寶玉聽了，站在亭上，四顧一望，靈機一動，唸道：「繞堤柳借三篙翠，隔岸花分一脈香。」（泉水向堤邊的柳樹借來翠綠，又向岸上的花朵借得芳香。）

拈髯：用手搓弄著腮上的鬍子。

賈政聽了，點頭微笑。衆人又稱讚不已。

接著，衆人出亭向前行去。來到一處周圍種滿翠竹的院落，一條小溪在院中盤旋曲折的流過。寶玉爲此處題了四字：「有鳳來儀」。

後又行至一處遍地香草的房舍，寶玉題爲：「蘅芷清芬」。再又來到一院落，種著芭蕉樹、海棠花，寶玉題爲：「紅香綠玉」。

這一路停停走走，看了不少景致，走得衆人腿痠腳軟，卻也沒能遊遍此園。賈政忽然想起寶玉，喝道：「你還逛不夠嗎？也不想想逛了這半天，老太太必定擔心著，還不快進去！」

寶玉於是出來。一到院外，就有幾個小廝攔腰抱住寶玉，說道：「今天多虧了我們，老爺才那麼高興。老

有鳳來儀：出自古書《尚書》中的一句話，意思是說鳳凰鳥飛來，配合著音樂聲鳴叫起舞。鳳凰是傳說的吉祥靈鳥，常用來象徵后妃，這裡用來比喻元春歸來。

蘅芷：蘅，指「杜蘅」，一種香草，開紫花。芷，指「白芷」，一種香草，開白花。

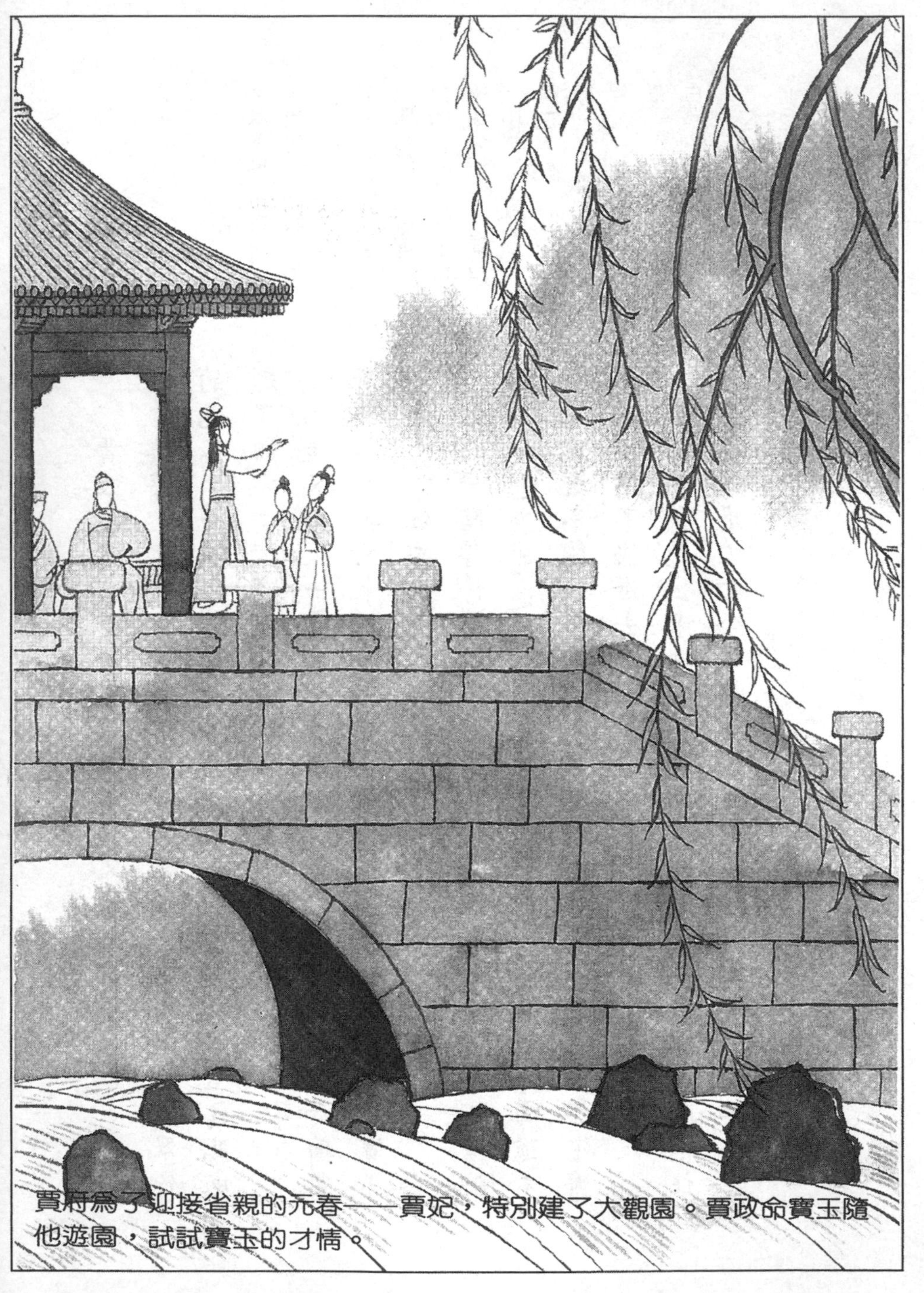
賈府爲了迎接省親的元春——賈妃，特別建了大觀園。賈政命寶玉隨他遊園，試試寶玉的才情。

太太先前打發人來問了好幾遍，都虧我們說老爺高興，不然，老太太可叫你回去了，你就沒得展才囉！現在，該賞賞我們吧！」

寶玉笑道：「每人一吊錢。」

衆人說：「誰沒看過那一吊錢！把這荷包賞我們吧！」說著，就擁上來，把寶玉身上所佩之物都解了去。

寶玉回到賈母處，賈母知道賈政不曾爲難他，心中自是歡喜。襲人過來倒茶時，見寶玉身邊佩物一件也沒有了，便笑道：「又是那些沒臉的東西解去的。」

黛玉聽說，走來一瞧，果然一件無存，便向寶玉說：「我給的那個荷包，你也給他們了？你以後再想要我的東西，可不能夠了。」

黛玉說完，賭氣回房，把一個做到一半的香袋拿過來就剪。那香袋是寶玉前日託她做的。

寶玉見黛玉生氣，便知不妥，急忙跟過去，但香袋已剪破了。寶玉心中有氣，解開衣領，從裡面的紅襖上解下黛玉給的那個荷包，遞給黛玉說道：「妳瞧瞧！這是什麼！我哪一回把妳的東西給人了？」

黛玉這才知寶玉如此珍重她給的東西，便覺又愧又氣，低頭不發一言。

寶玉道：「妳也不用剪，我知妳是懶得給我東西，我連這荷包也奉還，如何？」說著，把荷包擲向黛玉懷中，回頭便走。

黛玉氣得眼淚汪汪，拿起荷包又要剪。寶玉一見，忙回身搶住，笑道：「好妹妹，饒了它吧！」

黛玉將剪子一摔，抹著淚說：「你不用跟我好一陣壞一陣的，這算什麼！」說著，躺在床上掉淚。

寶玉於是上來，「妹妹」長，「妹妹」短的，不住賠不是。

哄了好一會兒，黛玉起身說：「我要走開了。」

寶玉笑說：「妳到哪裡，我跟到哪裡。」一面又把荷包拿了戴上。

黛玉伸手搶：「你說不要了，這會子又戴上，我也替你害臊！」說著，「嗤」的一聲笑了。

寶玉道：「好妹妹，明兒再替我做個香袋吧！」

黛玉道：「那也要瞧我高興！」

說著，兩人一起走出房，到王夫人房中去，正巧寶釵也在那兒。

這時，王夫人的房裡正熱鬧著呢！原來，寧府裡的賈薔從姑蘇買了十二個女孩子回來，要教她們演戲，以供賈妃省親時觀賞。

不一會兒，又有人來稟告王夫人：「已聘買得十個小尼姑、十個小道姑。另外，有個帶髮修行的姑娘，法名妙玉，今年十八歲，因自小多病才入了空門。她原出身蘇州的官宦人家，如今父母雙亡，身邊只有兩個老嬤嬤、一個小丫頭服侍著，現在住在西門外牟尼院。」

王夫人道：「我們何不把她也接來？」

下人回道：「請過她，她說：『侯門公府必以權勢壓人，我不去。』」

王夫人說：「她既是官宦小姐，自然驕傲些，不妨下個帖子請她吧！」

空門：佛家語，即「佛門」，「入了空門」的意思就是出家做僧尼。

於是，賈府便寫請帖、備車轎去請妙玉。這些女尼、道姑，都將住進省親別院的寺廟中。

賈府上下日日忙亂，爲的就是備好省親別院所需要的一切。終於，賈妃省親的日子訂妥了——正月十五日。

到了這天，賈妃在大隊人馬的護送下，乘轎而來。進得園中，賈妃看見「有鳳來儀」、「紅香綠玉」、「蘅芷清分」等匾額，知道是寶玉所題，心中十分歡喜。

當年賈妃未入宮時，自幼即爲賈母教養。後來家中多了寶玉，賈元春是其長姊，對此幼弟極爲憐愛。寶玉三、四歲時，便得到元妃的指導傳授，讀了好幾本書。其名分雖是姊弟，情誼卻像母子。

元妃入宮之後，仍時時關切寶玉，這次回來省親，一見著寶玉，就把他摟在懷裡，又摸摸他的頭，笑著說：「比以前長了好些……」一句話沒說完，卻不禁淚如雨下。

尤氏、鳳姐上來啓道：「請貴妃遊幸。」元妃遂起身，命寶玉導引，一同遊園。賈妃對園中的花木山水、亭台樓閣，都十分欣賞稱讚，只是勸道：「以後不可太奢華，這些都過於浪費了。」

元妃遊園後，爲最喜愛的幾處賜名：

「大觀園」——園之名

「有鳳來儀」——賜名「瀟湘館」

「紅香綠玉」——改作「怡紅快綠」，即名「怡紅院」

遊幸：古時候稱皇帝、后妃到某地方爲「幸某地」，到某地方遊賞就稱「遊幸某地」。

「蘅芷清芬」——賜名「蘅蕪院」

接著，元妃要寶玉和幾個妹妹，各題一匾一詩以助興。衆人所作的詩中，以薛寶釵和林黛玉之作，最受元妃稱賞。

此時，賈薔帶領著十二個女戲子，在樓下正等得不耐煩，只見一名太監飛快跑來，說：「作完了詩，快拿戲目來。」

賈妃點了四齣戲，女戲們賣力的演出，個個唱腔清亮、舞姿曼妙。剛演完，一個太監捧了一盤糕點進來，問：「誰是齡官？」

賈薔知道是賜齡官之物，喜得連忙接下，命齡官叩頭謝恩。太監道：「貴妃說齡官極好，再作兩齣戲，不拘戲目。」

賈薔選了〈遊園〉、〈驚夢〉二齣，齡官卻自有主張，定要作〈相約〉、〈相罵〉二齣。演完後，元妃十分歡喜，命：「不可難為了這女孩，好好教導她。」說完，又賞賜了金銀、食物。

另外，元妃也有賜物給賈府裡的每一個人，上自賈母、賈政，下至奶娘、丫鬟，都得到貴妃賞賜的禮物。衆人謝過賞賜後，太監便前來請貴妃回宮。元妃聽了，滿眼是淚，卻又勉強堆出笑容，拉住賈母和王夫人的手，緊緊不放，再四叮嚀：「好好保重，不須掛念我。如今天恩浩蕩，准許親人一個月進宮相見一次，何必傷心？如果明年仍准歸省，家中可不要再如此奢靡浪費了。」

賈母等人，哭得哽咽難言。但皇家規範，豈能違反？賈妃縱有千萬的不捨，也只能上轎回宮了。

為了元妃回家省親之事，榮寧二府用盡心力，眞是人人力倦，個個神疲。園中一切陳設動用之物，收拾了兩三天才完。這其中最忙的是鳳姐，最閒的是寶玉。

寶玉平日就愛閒逛，不時找姊妹、丫鬟聊天逗趣。這一天午後，寶玉來到黛玉房裡，滿屋靜悄悄的，只見黛玉在午睡。寶玉上前推推黛玉，說：「好妹妹，才吃了飯，又睡覺！」

黛玉醒來，說：「你出去逛逛，我渾身痠痛，想歇一歇。」

寶玉道：「我往哪裡去呢？看了別人就怪膩的。」

黛玉嗤的一笑，說：「你要在這兒，就過去那邊老老實實的坐著，咱們說說話。」

寶玉道：「我也跟妳躺著，就睡一個枕頭吧！」

黛玉說：「外頭不是有枕頭，拿一個來枕著。」

寶玉出去看了看，回來笑道：「那個我不要，也不知是哪個髒婆子的。」

黛玉起身笑道：「你眞是我命中的天魔星！請枕這一個。」說著，把自己的枕頭推給寶玉，又起身拿了另一個來枕。

兩人面對面躺著，黛玉看見寶玉左邊腮上有一塊鈕扣大小的血漬，便湊近前來，用手撫摸細看，問道：「這又是誰的指甲刮破的？」

寶玉笑說：「不是刮的，大概是剛才幫她們調胭脂膏子，沾上了一點兒。」說著，便找手帕擦。

黛玉用自己的手帕替他擦，一面說：「你又幹這些事了！做也罷了，還留下痕跡，便是舅舅沒看見，別人見了當笑話去説，吹到舅舅耳朵裡，又惹得大家都不安靜。」

寶玉也沒認眞聽這些話，只聞到似乎有一股幽香，從黛玉袖子裡飄出，於是拉住她的袖子，瞧瞧裡面有什麼東西。

黛玉笑道：「這時候誰帶什麼香呢？可能是櫃子裡的香氣，薰染在衣服上了。」

寶玉搖頭説：「不像。這香的氣味奇怪，不是那些香餅子、香毬子、香袋子的香。」

黛玉冷笑道：「難道我也有什麼親哥哥、親弟弟，會弄些花兒、朵兒、霜兒來爲我炮製『奇香』？我有的是那些俗香罷了。」

原來，薛寶釵自幼有一種毛病，不管吃什麼藥都不能根治，後來一個和尚給了一種叫「冷香丸」的藥方，薛寶釵的哥哥薛蟠便找來藥方中所需的白牡丹花蕊、白荷花蕊、白芙蓉蕊、白梅花蕊等，和雨水、霜、雪等調在一起，配成了藥丸，寶釵的病發作時，便吃一丸。黛玉這時就是想起了寶釵的「冷香丸」，才對寶玉說出這樣的話。

寶玉聽了，笑著說：「我才說一句，妳就扯上這麼多，我不給妳個利害，妳還不知道呢！」說著，翻起身來，呵呵兩隻手，便伸向黛玉膈肢窩內亂撓。

黛玉向來怕癢，笑得喘不過氣來，急急說道：「寶玉！你再鬧，我就惱了。」

寶玉這才住手，笑問道：「妳還說不說那些話？」

黛玉說：「再不敢了。」一面理理頭髮，一面笑著問：「我有奇香，你有『暖香』沒有？」

寶玉沒弄懂，只問：「什麼『暖香』？」

黛玉笑嘆道：「蠢才，蠢才！你有玉，人家就有金來配你；人家有『冷香』，你就沒有『暖香』去配？」

寶玉這才聽出來，笑道：「剛剛才求饒，現在說得更狠了。」說著，又伸出手。

黛玉忙笑道：「好哥哥，我可不敢了。」

寶玉說：「要饒妳可以，只是妳要把袖子讓我聞一聞。」說著，便把黛玉的袖子籠在臉上，聞個不停。

黛玉奪了手道：「這下你可該去了吧！」

寶玉笑說：「去可不能，咱們斯斯文文躺著說話好了。」

於是，寶玉又躺下來，纏著黛玉說笑、逗趣，不讓她飯後貪睡，免得傷了身體。鬧了好一會兒，黛玉不再想睡了，寶玉才回房去。

第七回　寶玉悟禪・姊妹入園

過了幾日，寶釵十五歲的生日到了。賈母平日便喜歡寶釵的穩重平和，於是特別拿出二十兩銀子，叫鳳姐置辦酒戲，給寶釵做生日。賈母問寶釵愛聽何戲，愛吃何物，寶釵便順著賈母的喜好，選了熱鬧的戲文，及甜爛的食物。賈母聽了，更是歡悅。

到了這一天，賈母院子裡搭了個小巧戲台，房裡開了幾桌酒席。參加的人除了賈母、王夫人、薛姨媽、寶玉和幾個姊妹之外，還有賈母娘家的內侄孫女史湘雲。

這史大姑娘常來賈府作客，和寶玉、寶釵、黛玉等人都相處得很好。

大家吃過飯後，賈母叫寶釵第一個點戲。寶釵推讓了一會兒，才開口點了一折《西遊記》，賈母自然是歡喜。接著，鳳姐、黛玉、寶玉、湘雲、迎春姊妹、李紈等，都各自點了一齣。

上酒席時，賈母又命寶釵點戲，寶釵點了一齣《魯智深醉鬧五台山》。寶玉道：「又點這些熱鬧戲。」

寶釵笑道：「這齣戲的好，你還不知道呢！你聽，這裡面有一段詞句：『漫揾英雄淚，相離處士家。謝慈悲，剃度在蓮台下。沒緣法，轉眼分離乍。赤條條，來去無牽掛。』」

寶玉聽了，拍膝叫好，稱賞不已，又讚寶釵無書不旦：平劇中扮演婦女的角色統稱為「旦」。

丑：平劇中扮演滑稽角色的稱為「丑」。

知。惹得黛玉在旁說道：「安靜看戲吧！」

戲都唱完後，賈母因喜愛其中一個小旦和小丑，便命人帶進來，問了問年紀，那小旦才十一歲，小丑才九歲。大家聽了，嘆息一回。鳳姐突然笑道：「這個孩子好像一個人，你們都看不出來。」

寶釵心裡知道，但只笑笑不肯說。寶玉也猜著了，也不敢說。湘雲笑道：「倒像林姐姐的模樣兒。」寶玉一聽，連忙看湘雲一眼，使了個眼色。

大家聽湘雲一說，留神細看，都笑了起來，說：「果然不錯。」

又過了一會兒，大家就散了。

晚上，湘雲回到房裡，就叫丫鬟收拾衣服，說道：「明兒一早就走！在這裡做什麼？看人家的臉色，什麼意思！」

寶玉聽了這話，連忙上前拉著她說：「好妹妹，妳錯怪我了。林妹妹是個多心的人，別人分明知道，卻都不說，就是怕她氣惱。我是怕妳得罪了她，才使眼色。妳現在氣我，不但辜負我，反倒委屈了我。若是別人，哪怕她得罪了十個人，又與我何干？」

湘雲摔手道：「你別花言巧語哄我，我原不如你林妹妹，她是小姐主子，我是奴才丫頭，得罪了她，使不得！」

寶玉急得說：「我是為妳好，反為出不是來了。我要有外心，立刻化成灰，叫萬人踐踏。」

湘雲道：「大正月裡，少信嘴胡說！這些沒要緊的毒誓、歪話，去說給那些小性兒、愛生氣的人聽去。」

說完，忿忿走進賈母房裡去了。

寶玉沒趣，又去找黛玉，剛到門檻前，就被黛玉推出來，把門關上。寶玉不知怎麼回事，只在窗外叫「林妹妹」。黛玉不理，寶玉便在門外傻傻站著。

一會兒，黛玉以爲寶玉回去了，便來開門，只見寶玉還在那兒。黛玉不好意思再關門，只好回身上床躺著。

寶玉跟進來，問道：「凡事都有個緣故，說出來，人也不委屈。好好的就生氣了，到底什麼緣故？」

黛玉冷笑道：「問得倒好，我也不知道爲什麼，我原是給你們取笑的，拿我來比戲子！」

寶玉道：「我並沒有比妳，我並沒有笑，爲什麼氣我呢？」

黛玉道：「你還要比？你還要笑？你不比不笑，比人家比了笑了的還厲害呢！」

寶玉聽了，不知說什麼才好，一言不發。

黛玉又說：「這也就算了。你爲什麼又和雲兒使眼色？這安的是什麼心？難道她跟我說句玩笑，就自輕自賤了？你是好心，她也不領你這好情，一樣生氣了。你還說我『小性兒』，怕她得罪我，她就算得罪了我，又與你何干？」

寶玉聽了，知道黛玉已聽見剛才他跟湘雲的對話。細想自己原是爲她們好，才在中間調和，沒想到反而落得兩人都怨他。因此越想越無趣，什麼話也沒說，就轉身回房去了。

襲人見寶玉回房躺在床上發呆，便找他說話：「今兒看了戲，寶姑娘一定會還請酒席的。」

寶玉冷笑道：「她還不還，與我什麼相干？」

襲人笑問：「這是怎麼說？好好的大正月裡，姊妹們都歡歡喜喜的，怎麼就你這個樣子？大家彼此隨和一點，不是有趣些？」

寶玉道：「什麼是『大家彼此』，她們有『大家彼此』，我是『赤條條來去無牽掛』！」說到這裡，不覺掉下淚來。

寶玉又細想這句話，不禁大哭起來，翻身起來坐至桌前，寫下一偈：

「你證我證，心證意證。是無有證，斯可云證。
無可云證，是立足境。」

意思是說：你我都想從對方那裡印證心意、感情，

偈：和尚唸唱的頌詞。

卻平添煩惱；只有到了滅絕情意，不用再印證時，才說得上是感情徹悟；到了萬境皆空，什麼都無可驗證時，才是眞正的立足之境。

寶玉寫完，便上床睡了。

黛玉那邊見寶玉果斷而去，便以找襲人爲理由，來看寶玉的動靜。襲人回說：「寶玉已經睡了。這兒有一個字帖，請姑娘看看。」

黛玉看了寶玉寫的偈，不覺可笑又可嘆，便帶回去給湘雲看。

第二天，又給寶釵看，寶釵看了笑說：「都是我的不是，昨天講到『赤條條來去無牽掛』的曲子，使寶玉悟出禪機，說出這些話來。」於是，把那偈撕了粉碎，叫丫頭們燒掉。

禪機：禪宗的機鋒。禪宗啓發人們時所用的言詞，常不落形迹，令人難以捉摸，故稱「機鋒語」。

黛玉笑說：「妳們跟我來，包管叫他收了這些癡心邪話。」

三人來到寶玉屋裡，黛玉笑道：「寶玉，我問你，人說最貴重的是『寶』，最堅靭的是『玉』，那麼，你有何貴？你有何堅？」

寶玉答不出來。三人拍手笑道：「這樣愚鈍，還參禪呢！」

黛玉又說：「你那偈末兩句『無可云證，是立足境』固然不錯，但依我看，該再加上兩句『無立足境，方是乾淨』。」

接著，寶釵又舉出禪宗六祖惠能所說過的一偈，也是寶玉先前未曾聽過的。

寶玉見釵、黛二人所知都勝過他，自己實在不算覺

禪宗：佛教的一個宗派。

悟，便笑說：「誰又參禪了，我不過寫著玩罷了。」於是，寶、釵、黛、湘雲等四人，又和好如初，一同戲耍了。

話說賈妃元春從大觀園回宮後，想到父親賈政必定會把園子封起來，不讓人進去騷擾，但那豈不辜負了園中美景？而且，家中姊妹都有文才，何不讓她們進去居住。於是命太監至榮府傳諭，讓寶釵等住進園中，寶玉也隨進去讀書。

接了這諭，最樂的是寶玉，開心的向賈母要這個、要那個的，又問黛玉喜歡住哪一處。黛玉笑說：「我心裡想著瀟湘館好，愛那幾竿竹子，顯得比別處幽靜。」

寶玉一聽，拍手笑道：「正合我的主意，那我就住怡紅院，咱們兩個又近，又都清幽。」

傳諭：傳達諭旨。「諭」，上對下的命令。

此時，賈政派人來回報賈母：「二月二十二是好日子，哥兒姐兒們好搬進去住，這幾日將派人先進去各處收拾。」

於是，寶釵住了蘅蕪院，黛玉住了瀟湘館，迎春住了綴錦樓，探春住了秋爽齋，惜春住了蓼風軒，李紈住了稻香村，寶玉住了怡紅院。各人除了帶著奶娘和隨身丫鬟之外，還添了兩個老嬤嬤，四個丫頭，另有專管打掃的。

那寶玉自從進了大觀園，每日與姊妹們讀書寫字、吟詩作畫、彈琴下棋，眞是十分快樂、心滿意足。但不知怎麼的，有一日竟覺得不自在，這也不對、那也不好，只是悶悶的。

寶玉於是出去園外，四處鬼混。茗烟見了，想讓他開心，就找來一些小説、劇本，還有武則天、楊貴妃外傳等，給寶玉看。寶玉從來沒看過這種書，一見了便如獲珍寶。茗烟囑附他不能帶進大觀園裡，若被別人知道就糟了。寶玉哪裡肯聽，還是偷偷帶了些進去。

一日，寶玉帶著《西廂記》，來到橋邊的桃樹下，坐在石上，展書細看。正看到「落紅成陣」，只見一陣風過，將桃花吹落滿地，寶玉的身上、書上，都落滿了花。他想抖下來，又怕踩了花，便兜起花瓣，來到池邊，抖進水裡，看著花瓣飄飄蕩蕩，流了出去。

此時，背後突然有人說：「你在這裡做什麼？」

寶玉一回頭，見黛玉來了，肩上擔著花鋤，鋤上掛著花囊，手裡拿著花帚。寶玉笑道：「好，正好，來把這花掃起來，撂在水裡吧！」

外傳：在正史中沒有記載的人物傳記，或正史中有記載而另外撰寫的傳記，內容有些是虛構的。

《西廂記》：元代王實甫所寫的雜劇，內容主要是描述張生和崔鶯鶯的戀情。

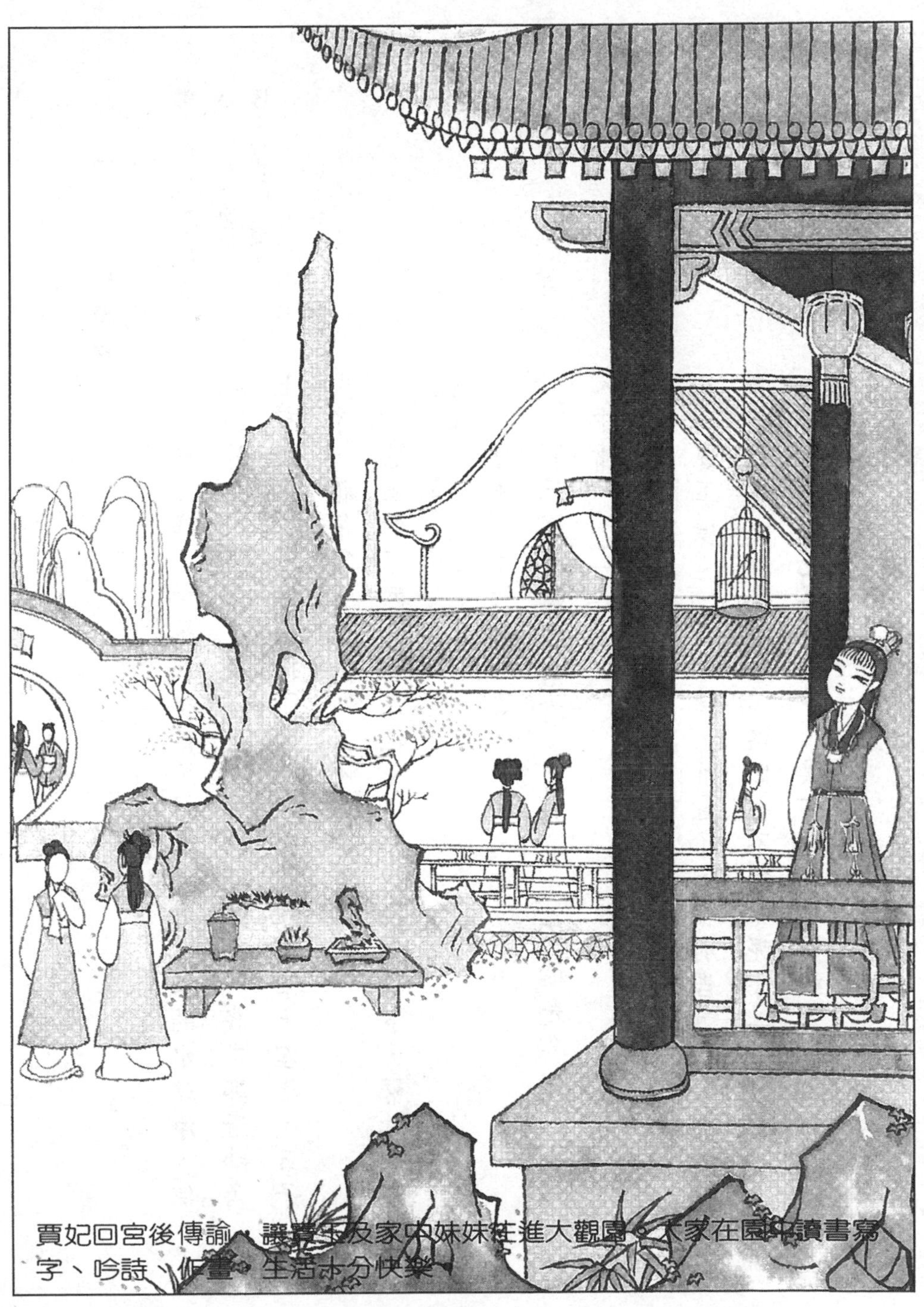

賈妃回宮後傳諭，讓寶玉及家中妹妹住進大觀園。大家在園中讀書寫字、吟詩、作畫，生活十分快樂。

撂：音ㄌㄧㄠˋ，放，放下；扔，撇開。

塚：聳起的高墳。

《大學、中庸》：儒家的兩部經書，和《論語》、《孟子》二書合稱爲「四書」。

黛玉道：「撂在水裡不好，你看這裡的水乾淨，但流到外面可就髒了臭了，仍舊糟蹋花兒。我在那邊牆角上有個花塚，把花掃了，放在花囊裡，拿土埋上，日子久了，花便隨土化去，豈不乾淨。」

寶玉聽了歡喜，笑道：「等我把書放下，幫妳一起收拾。」

黛玉問：「什麼書？」

寶玉慌得趕緊藏書，說道：「不過是《大學》、《中庸》。」

黛玉笑說：「別在我跟前弄鬼，趁早給我看吧！」

寶玉道：「好妹妹，妳看了，可別告訴別人。這眞眞是好書，妳要看了，連飯也不想吃呢！」

黛玉把花具都放下，接書來瞧，從頭看去，越看越愛看。不到一頓飯時間，便把十六齣戲都看完，覺得詞藻警人，餘香滿口。看完了之後，還只管出神，心裡默默記誦著。

寶玉笑道：「妹妹，妳說好不好？」

黛玉笑道：「果然有趣。」

寶玉又笑說：「我就是個『多愁多病的身』，妳就是那『傾國傾城的貌』。」

黛玉聽了，滿臉通紅，帶著怒意指寶玉道：「你這該死的胡說！好好的把這些書弄了來，還學些混話來欺負我。我告訴舅舅、舅母去。」說到「欺負」二字，眼圈兒都紅了，轉身便走。

寶玉著了急，向前攔住說：「好妹妹，千萬饒我這一遭，是我說錯了！若有心欺負妳，明天就掉進池裡，

多愁多病身、傾國傾城貌：《西廂記》裡的張生稱自己是「多愁多病身」，稱崔鶯鶯是「傾國傾城貌」。「傾國傾城」的原意是說，美貌的女子會害人傾覆國家，後來用做形容女子的美貌。

變成個大烏龜，等妳以後做了『一品夫人』病老歸西的時候，我到妳墳上替妳馱一輩子的碑去。」

聽得黛玉「嗤」的一聲笑了。

寶玉一面收書，一面笑說：「來，我們還是快把花埋了才好。」

兩人正收拾落花，襲人來找寶玉，說：「那邊大老爺身體不好，老太太叫你過去請安呢！」寶玉聽了，忙拿起書，別了黛玉。

黛玉正想回房，經過梨香院時，聽見十二個女孩子在練習戲文，唱道：「原來姹紫嫣紅開遍，似這般都付與斷井頹垣。……良辰美景奈何天，賞心樂事誰家院。」

聽了這兩句，黛玉心想：「戲上原來也有好文章，

「原來姹紫嫣紅……誰家院」：這些詞句出自於明代湯顯祖所寫的傳奇《牡丹亭》，這齣戲主要是描寫書生柳夢梅和杜麗娘的戀情。此處黛玉聽到的幾句戲文，是刻畫女主角杜麗娘看到春天的美景，不禁嚮往著愛情的美好。

「則爲你如花美眷，似水流年」：此二句是柳夢梅所唱的曲文。「如花美眷」是指杜麗娘，「似水流年」是說青春年華如水一般流逝。

可惜世人只知看戲，未必能領略這其中的趣味。」

這時，又聽唱道：「則爲你如花美眷，似水流年……」

黛玉不禁蹲身坐在石頭上，細嚼「如花美眷，似水流年」這八個字的滋味。忽然又想起古人詩中有「水流花謝兩無情」之句，以及剛才所看的《西廂記》中有「花落水流紅，閑愁萬種」之句。

這些詩句湊在一塊兒，讓黛玉想著想著，不覺心痛神癡，竟怔怔的落下淚來，哭了好一會兒。

第八回　寶釵撲蝶・黛玉葬花

這一天，黛玉聽說賈政把寶玉叫了去，心裡便替他發愁。晚飯後，黛玉知道寶玉回來了，就想去找他問問是怎麼回事。

走到半路上，黛玉見寶釵先進了寶玉的院子，便默默跟在後頭。經過沁芳橋時，因爲看見池裡有各色水禽，不禁站住欣賞了一會兒。等到了怡紅院門口，大門已經關上了，黛玉便以手扣門。

誰知寶玉的丫頭晴雯正好在生氣，所以也不問門外是誰，便說：「都睡了，明兒再來吧！」

黛玉想可能是丫頭們鬧著玩，便高聲說：「是我，還不開嗎？」

晴雯偏偏沒聽出來，使性子的說：「不管你是誰，二爺吩咐了，一概不許放人進來。」

黛玉一聽，不覺氣怔了。本想再高聲問問，又想：「雖說舅母家就像自己家一樣，但畢竟還是客居，如今我父母雙亡，無依無靠，住在這裡如果跟他們生氣，也是無趣。」

一面想，一面掉下淚來，眞是走也不是，站在那兒也不是。此時，又聽到裡面傳出寶玉、寶釵的笑聲，心中更是氣惱，竟站在牆邊，悲戚的嗚咽起來。

忽然，大門「吱嘍」一聲打開了，寶玉、襲人等送了寶釵出來。黛玉本想上前問寶玉，又覺人多不便，只好閃躲在一邊。

等大家都散了，黛玉才一個人黯然回去。這晚，便含淚呆坐到二更多才睡。

第二天，正好碰上交芒種節。自古就有風俗要在這天擺設各種禮物，祭餞花神，因為芒種一過，便進入夏日，花朵謝了，花神退位，需要餞行。

芒種：我國的曆法上，一年有二十四個節氣，「芒種」在陰曆五月初，陽曆六月六日或七日。

因此，大觀園的女孩們這天都起了個大早，來到園子裡，唯獨黛玉沒到。

迎春道：「怎麼不見林妹妹？好個懶丫頭，這會子還睡覺不成。」

寶釵道：「妳們等著，我去鬧了她來。」

誰知寶釵快到瀟湘館時，卻見寶玉先一步進去了，寶釵心想：「他二人從小一塊兒長大，兄妹間常不避嫌疑，我現在進去，恐怕寶玉不便，黛玉也會猜忌。算了，還是回去好了。」

於是，寶釵轉身離開。走不遠，忽然看見一雙好大的玉色蝴蝶，一上一下迎風飛舞，十分有趣。寶釵一時興起，拿出扇子撲捉蝴蝶。這雙蝴蝶忽起忽落，翩翩飛向池中的滴翠亭去，寶釵一路追著，不禁香汗淋漓，嬌喘細細。此時，寶釵已無心撲蝶，便想回去，卻聽見亭子裡有人說話。

這滴翠亭雕鏤著槅子，上頭糊著紙，裡面的人並不知道外頭有人來。寶釵細聽之下，原來是寶玉的兩個丫鬟小紅和墜兒在說話。

只聽小紅道：「他是男子，撿了我的手帕，自然該還我，要我拿什麼謝他呢？」

墜兒道：「芸二爺撿了手帕來給我時，再三說要妳給他一樣謝禮，否則不許我還妳呢！」

小紅道：「也罷，把我這個給他，算謝他就是了。可是，妳可不能告訴別人。……唉呀！我們只顧說話，外頭不曉得有沒有人聽見，快把窗子打開吧！」

寶釵聽到小紅要私下送東西給男人，正覺得吃驚，又聽她要開窗，便想：「如果她們看見我在這兒，豈不害臊；而且，我聽到了她們的祕密，也難免惹是生非，可得想個計策才行。」

於是，寶釵不等小紅推窗，便故意「咯咯」笑了一聲，放重腳步往前走去，叫道：「顰兒，我看妳往哪裡藏？」

小紅、墜兒推窗一看，都楞住了。寶釵笑問：「妳們把林姑娘藏在哪裡了？」

墜兒道：「沒看見林姑娘啊！」

寶釵道：「剛才明明看見她在這兒蹲著弄水兒的，我想悄悄過去嚇她一跳，卻被她瞧見了，往這邊一繞就找不到了。──別是藏在亭子裡吧？」說著，寶釵故意進去找了一找，出來又說道：「一定是躲到那邊山洞裡去了，要是遇見蛇，咬一口也罷！」一面說，一面走了，心中暗暗好笑，想這件事算是遮掩過去了。

小紅見寶釵走遠後，便拉著墜兒說道：「這下可了不得了，林姑娘蹲在這裡，一定聽見我們的話了，這可怎麼辦呢？」

墜兒道：「就算是聽了，也不關她的事呀！」

小紅道：「要是寶姑娘聽見，也還罷了；林姑娘嘴裡愛刻薄人，心裡又細，讓她知道了，萬一走漏風聲，怎麼得了！」

二人正說著，只見遠處有幾個丫鬟走了過來，小紅和墜兒便連忙把話打住了。

話說這邊瀟湘館裡，黛玉因昨晚哭了一夜，所以今天起晚了，此時，正擔心姊妹們笑她癡懶，連忙梳洗準備出門。

黛玉剛走到院外，就看見寶玉笑著進來，她卻裝做沒看到似的，自顧自的往外走。寶玉滿心納悶，只得打躬作揖的陪笑著，可是黛玉依舊理也不理，一逕往園子裡走去。

寶玉一路跟在黛玉後頭，到了園裡，黛玉便過去找探春和寶釵說話。探春見寶玉來了，笑問道：「寶哥哥，身上好？我整整三天沒見到你了。」

寶玉也笑問：「妹妹身上好？」說著，兄妹二人便聊起天來。

一會兒，寶玉四下一看，黛玉已不曉得到哪裡去了，便知她又是故意躲起來，因此心想：「等過個兩日，她的氣消一消，再去找她吧！」

這時，寶玉低頭看見許多落花，便嘆道：「這是她心裡生氣，所以也不收拾這花兒了。」於是，自己把花兜起，往那天和黛玉葬花的地方走去。

快到花塚時，忽然聽到山坡那邊有嗚咽之聲，仔細一聽是哭著吟詩：「花謝花飛花滿天，紅消香斷有誰憐？……閨中女兒惜春暮，愁緒滿懷無著處，手把花鋤出繡簾，忍踏落花來復去。……儂今葬花人笑癡，他年葬儂知是誰？……」

寶玉聽得傷感不已，竟也落下淚來，懷中兜的花兒散落一地。

原來，唸這葬花詞的正是黛玉。她聽到山坡上傳來悲聲，不禁想：「人人都笑我有些癡病，難道這兒還有一個癡子不成？」一看，竟是寶玉，於是轉身便走。

寶玉趕上前去，說道：「我知道妳不理我，我只說一句話就走。」

黛玉只得答應道：「請說吧！」

寶玉嘆道：「既有今日，何必當初？」

黛玉道：「當初怎麼樣？今日怎麼樣？」

寶玉道：「當初姑娘來了，不都是我陪著玩笑？我

獨出：意思就是獨生子（女）。

喜歡的東西，姑娘要，就拿去；我愛吃的食物，姑娘也愛，就留下。從小一屋子吃飯，一床上睡覺，總該比別人親熱。誰知如今姑娘大了，不把我放在眼裡，三日不理，四日不見的。現在我身邊的兄弟姊妹，都不是跟我同一個母親生的，我也跟姑娘一樣是獨出，沒想到姑娘卻不懂我的心！」說著，不覺滴下淚來。

黛玉聽了這話，見了這情景，也不覺落淚，低頭不語。寶玉於是說：「我也知道我不好，但是哪裡錯了，妳倒是教教我。罵我打我都行，只是別不理我，叫我不知怎樣才好。」

黛玉便說：「昨兒爲什麼我去了，不叫丫頭開門？」

寶玉詫異道：「這話從哪兒說起？」

兩人把昨晚的情形細說一遍，總算才弄明白。黛玉於是笑道：「一定是你的丫頭懶得動，才那樣惡聲惡氣的。」

寶玉說：「等我回去問了是誰，教訓教訓她們就好了。」

黛玉道：「你那些姑娘也該教訓教訓，不然今兒得罪了我還事小，要是明兒得罪了什麼『寶姑娘』、『貝姑娘』，事情豈不大了？」說著，抿著嘴笑。

寶玉聽了，又是咬牙，又是笑。

二人正說著，丫頭來請吃飯，寶、黛兩人便歡歡喜喜的一塊兒去了。

第九回　琪官贈巾・賈政責子

一天，小廝焙茗來向寶玉說：「馮大爺家有請。」原來，寶玉前陣子經薛蟠介紹，認識了將軍之子馮紫英，這日他們舉行家筵，便來請寶玉。

到了馮紫英家，只見薛蟠已在座久候，另有許多唱曲兒的小廝，還有一個唱小旦的，名叫蔣玉菡，大家見過面後，便擺上酒來，依次坐定。

寶玉覺得若只是一味濫飲，十分無趣，便提議行酒令作樂。衆人於是一面飲酒，一面輪流吟唱詞曲；只有

酒令：宴會時，以遊戲的方式來規定飲酒順序；需指定一個人爲令官，大家都要聽他的號令，違規的人就要罰酒。

那薛蟠是個粗人，淨說些粗里粗氣的話，惹得大家一陣笑罵。

一會兒，寶玉出來解手，蔣玉菡也隨著出來，兩人便在廊下聊天。寶玉見蔣玉菡雖爲男子，卻生得嫵媚溫柔，便搭著他的手說：「有空到我們那裡去。還有一句話借問，聽說你們戲班中，有個叫琪官的，馳名天下，我卻無緣一見，不知現在哪裡？」

蔣玉菡笑道：「琪官是我的小名兒。」

寶玉一聽，大喜過望，笑道：「有幸！有幸！果然名不虛傳。今兒初次見面，該怎麼表示呢？」想了一想，便從袖中取出扇子，將玉扇墜送給琪官。

琪官接了，笑道：「無功而受祿怎好？也罷，我這裡有一件奇物，可聊表一點親熱之意。」說著，撩起衣

解手：大小便的雅稱。

服，將繫在褲間的一條大紅汗巾子解下，送給寶玉。

琪官道：「這汗巾子是茜香國的女國王所貢之物，夏天繫著，肌膚生香，不生汗漬。昨天北靜王給我的，今日才繫上，若是別人，我絕不相贈。現在，二爺請把自己的汗巾解下來，給我繫著。」

寶玉聽了，喜不自禁，連忙將自己一條松花汗巾解下來，遞給琪官。

晚上，寶玉回到大觀園，襲人發現他扇上的墜子不見了，便問：「哪兒去了？」

寶玉答：「騎在馬上時丟了。」

睡覺時，襲人又看見寶玉腰間繫著條大紅汗巾，便猜到了八九分，說道：「你有了好的繫褲子，把我那條還我吧！」

寶玉一聽，才想起那條綠色汗巾原是襲人的，不該給人才是，心裡後悔，口裡說不出來，只笑道：「我賠妳一條吧！」

襲人嘆道：「我就知道又幹那些事！也不該拿我的東西給那些人。」

第二天早上，襲人睡醒，就見寶玉笑道：「夜裡被盜了也不曉得，妳瞧瞧褲子上。」

襲人低頭一看，寶玉那條大紅汗巾正繫在自己的腰上，便知是寶玉夜裡換的，急忙解下來，說道：「我不希罕這行子。」

寶玉見了，只得委婉勸她。襲人便暫時繫著，待寶玉出去，又解下來，丟進個空箱子裡。

這段日子正逢盛暑，有一日午後，王夫人在房內午

行子：貶稱自己不喜歡的人或東西。

歇，丫鬟金釧兒坐在旁邊搥腿，也瞇著眼打瞌睡。寶玉悄悄的走過來，看金釧兒睡態可掬，便忍不住逗她。

兩人以爲王夫人睡熟了，就沒輕沒重的說了些輕薄的話。沒想到，王夫人翻身起來，「啪」的一聲，朝金釧兒臉上打了個嘴巴子，罵道：「好好的爺們，都叫妳教壞了。」寶玉這時早一溜烟跑了。

王夫人平日本是寬厚仁慈的人，但最不能忍受金釧兒這樣的行爲，因此便吩咐玉釧兒：「把妳媽叫來，帶妳姊姊出去。」

金釧兒急得下跪，哭道：「我再也不敢了！太太要打要罵，只管發落，只求別攆我出去。我跟了太太十幾年，要是出去，怎麼見人呢！」

王夫人在氣頭上，仍是把金釧兒趕了出去。誰知這金釧兒卻也是個烈性的女孩，竟在羞辱之下投井死了。

王夫人得知，在房裡暗自垂淚，又把寶玉叫來數落教訓了一頓。寶玉此時眞是肝腸寸斷，恨不得也死了隨金釧兒去。

那邊大廳上，卻聽說忠順王爺府有人來訪。賈政連忙迎出去，請來訪的官吏坐下，並獻上茶。

那官吏開門見山的說：「我們王爺府裡，有個叫琪官的小旦，一向好好的在府裡，如今卻有三五日沒見他回去，到處也找不著。各處訪察之後，聽說他最近與啣玉的那位令郎情誼很好，因此求您轉告令郎，將琪官放回。」

賈政一聽，又驚又氣，立刻命人叫寶玉來。寶玉到時，並不承認此事，只說不認得琪官。

那官吏冷笑道：「公子若不知此人，那紅汗巾子怎麼會到了公子的腰裡？」

寶玉聽了，嚇得目瞪口呆，心想：「他連這樣機密的事都知道，大概瞞不住了。」便說：「聽說他在城郊買了田地房舍，或許是在那裡吧！」

那官吏笑道：「我就去找一找，如果不在那兒，還要再來請教。」說完，急急忙忙走了。

賈政此時怒不可遏，一面送那官員出去，一面命寶玉：「不許動！回來有話問你！」

賈政送了官員，卻見賈環帶著幾個小廝到處亂跑。這賈環是賈政之妾趙姨娘所生，比寶玉年幼，平日也極怕父親。這時賈政喝住賈環：「你跑什麼？」

賈環見父親盛怒，便乘機說：「剛才在井邊看見淹死了一個丫頭，所以才跑。」

賈政驚疑不止，問道：「好端端的，誰去跳井？我家從無這樣的事，自祖宗以來，都是寬柔對待下人。如今若外人知道此事，祖宗顏面何在？」

賈環偷偷的把寶玉和金釧兒之事，加油添醋的告訴了父親。話沒說完，賈政已氣得面如金紙，大喝：「快拿寶玉來！」

走進書房，賈政喘吁吁的坐在椅上，滿面淚痕，一疊聲說：「拿寶玉！拿大棍！拿繩子捆上！把各門都關上！有人往裡頭傳信，立刻打死！」

寶玉先前在大廳聽賈政命他「不許動」，就知凶多吉少，想趕緊找人去裡頭報信，說老爺要打他。可是，偏偏沒找到可以傳話的人。現在，有小廝要帶他去書房，他更急得跺腳。

賈政一見寶玉進來，也顧不得教訓他，只喝令：「把嘴堵起來，著實打死！」小廝們不敢抗命，便按著寶玉，打了十來下。賈政還嫌打輕了，自己奪過板子，咬著牙，狠命打了三四十下。

眾門客在旁看打得重了，忙上前勸阻，賈政哪裡肯聽。眾人於是趕緊想法子進去報信。

王夫人知道後，不敢告訴賈母，自己急忙趕來。賈政見了王夫人，板子打得更快更狠。按寶玉的兩個小廝急忙鬆手走開，但寶玉早已動彈不得了。

賈政還想打，甚至命人拿繩索來勒死他，王夫人連忙上前擋住，哭道：「老爺雖然應當管教兒子，但也看在夫妻分上，我已將近五十歲，就這麼一個兒子，如果要他死，豈不是有意絕我？不如先勒死我，再勒死他！」說著，抱著寶玉痛哭。

賈政不禁長嘆，坐在椅上，淚如雨下。王夫人見寶玉已面白氣弱，衣服上透出血漬，幾乎全身被打得青紫破皮，不覺失聲大哭道：「我苦命的兒呀！」這一哭，又想起死去的長子賈珠，便說：「若有你活著，就是死一百個，我也不管了。」

此時，鳳姐等人也早已從裡面趕出來，聽到王夫人哭著賈珠的名字，自是傷感，那賈珠的遺孀李紈，更是痛哭失聲。

忽然，丫鬟來說：「老太太來了。」

窗外，只聽顫巍巍的聲音說：「先打死我，再打死他，豈不乾淨！」

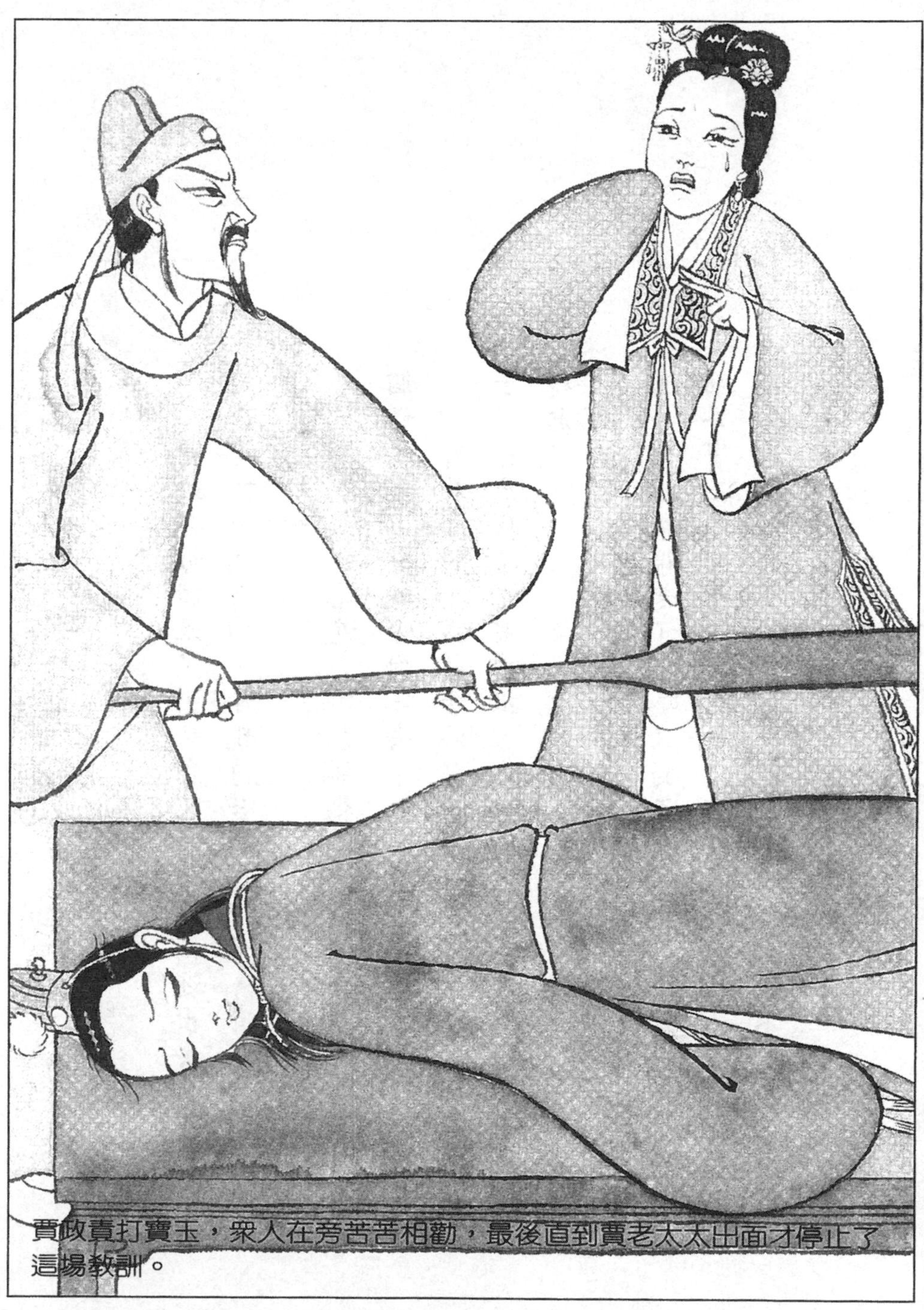

賈政責打寶玉，眾人在旁苦苦相勸，最後直到賈老太太出面才停止了這場教訓。

賈政見母親來了，又急又痛，連忙迎出去，躬身陪笑道：「大熱天的，母親何苦親自走來，有話只該叫兒子進去吩咐。」

賈母厲聲說道：「你原來是和我說話！我一生沒養個好兒子，教我吩咐誰去！」

賈政一聽，立刻含淚跪下，說道：「為兒的教訓兒子，也是為了光宗耀祖，母親的這話，教為兒的如何禁得起？」

賈母道：「我說一句話，你就禁不起！你那樣打寶玉，他就禁得起了？」又對王夫人說：「妳也不必哭，如今寶玉年紀小，妳疼他；他將來長大成人，為官作宰的，也未必想著妳是他母親。倒不如現在不要疼他，將來還少生一口氣呢！」

賈母一面說話，一面往裡走，看見寶玉時，又疼又氣，也抱著哭個不停。王夫人、鳳姐在旁勸了好一會，才漸漸止住。

這時，丫鬟們上來攙扶寶玉，被鳳姐罵道：「糊塗東西！也不睜開眼瞧瞧，都打成這個樣兒了，還要攙著走！快去把長凳抬出來！」衆人忙將寶玉抬放在凳上，送進賈母房中。

賈政也跟著進去，看看寶玉，果然打重了。王夫人在旁心疼的哭個不止，更令賈政後悔，便自己開口勸慰賈母。賈母含淚說道：「你不出去，還在這裡做什麼！難道想眼看著他死了不成！」賈政聽了，只得出去。

此時，寶釵、湘雲、襲人等，也都來探視寶玉。衆人圍著寶玉，灌水的灌水，打扇的打扇，好好療治了一番。一切處理妥當後，賈母才命人小心把寶玉抬回怡紅院去。

襲人等衆人都離開後，便走來寶玉身邊坐下，含淚問他：「怎麼打成這樣？」

寶玉嘆氣說道：「不過爲那些事，問它做什麼？只是我下半身疼的很，妳瞧瞧，打壞了哪裡？」

襲人輕輕伸手，脱下寶玉的衣服，一面脱，寶玉一面咬著牙叫「哎喲」。襲人停了好幾次手，才把衣服脱下來。只見腿上一片青紫，板子打過的痕跡，有四指之寬，而且高高腫起。

襲人咬著牙說：「我的娘！怎麼下這般狠手！——你平日要肯聽我的勸，今天也不會到這個地步。」

正說著，丫鬟來報：「寶姑娘來了。」襲人看來不及幫寶玉穿上衣服，便拿了件紗被給寶玉蓋上。

寶釵拿著一丸藥走進來，向襲人說：「晚上把這藥用酒化開，替他敷上，把那瘀血散開，就會好了。」

寶釵把藥遞給襲人，便來問候寶玉，見寶玉已能說話，不像先前那麼嚴重，心中覺得寬慰多了，不禁點頭嘆氣道：「早聽人一句話，也不致今日。別說老太太、太太心疼，就是我們看著，心裡也疼……」說了一半，寶釵忽然打住，不好意思的低下頭，臉也紅了。

寶玉先是聽寶釵話說的親密，後來又看她羞怯的低頭不語，兩頰飛紅，兩手撥弄著衣帶，神態可人，不覺心中暢快，將疼痛都丟在九霄雲外，心裡暗自想著：「我不過捱了幾下打，她們一個個就這麼憐惜悲感；如果哪一天我死了，她們還不知何等悲戚呢！要是我死的時候，眞能得到她們這樣對待，那也無足嘆惜了。」

一會兒，襲人和寶釵聊了幾句，便回房去了。寶玉這時躺在床上，又覺得傷口疼，如針挑刀挖、熱火燒燙一般。儘管如此，也無可奈何，寶玉便吩咐丫鬟們：「妳們都出去梳洗吧！等我叫時再來。」

第十回　送帕傳情・探春起社

話說寶玉獨自躺在床上，默默忍受疼痛。恍惚間，看見蔣玉菡走了進來，說忠順王府捉拿他之事；一會兒又見金釧兒進來，哭訴爲他投井之情。

就在半夢半醒之間，寶玉忽然覺得有人推他，又聽得有人嗚嗚的哭著。寶玉從夢中驚醒，睜眼一看——是黛玉！寶玉怕又是夢，掙扎著起身，細細一認——眞是黛玉，兩眼腫得像桃兒一般，滿面淚光。

寶玉本想再仔細瞧瞧黛玉，但實在疼得難忍，「哎喲」一聲便倒下了，嘆道：「妳做什麼跑來？雖然太陽下山了，可是地上的餘熱還沒散，妳走這麼一趟，又要中暑了。我雖然挨打，並不覺得疼，只不過裝裝樣子哄他們，好說給老爺聽去。其實都是假的，妳不要認眞。」

黛玉這時雖沒大哭，但哽咽抽泣不已，只覺氣堵著喉嚨，又聽了寶玉一番話，心中更有千言萬語，過了好半天，才抽抽噎噎說：「你從此可都改了吧！」

寶玉長嘆一聲，道：「妳放心。別說這樣的話，我就算爲這些人死了，也是情願的。」

此時，只聽院外人說：「二奶奶來了。」

黛玉聽見鳳姐來了，連忙起身說道：「我從後院子去吧！」

寶玉一把拉住道：「這可奇了，怎麼好好的怕起她來了？」

黛玉急得跺腳，悄悄說道：「你瞧瞧我的眼睛！她又要取笑開心了！」

寶玉一聽，趕忙放手，黛玉便出後院而去。

鳳姐從前頭進來，問道：「可好些了？想吃什麼，叫人到我那兒去拿。」

接著，薛姨媽也來看。賈母也打發人來，給寶玉送了一碗湯。陸陸續續還有些其他人，也來探望寶玉，襲人便悄悄回了她們，說：「二爺睡著了。」

不一會兒，王夫人派人來說，要找一個丫鬟過去，襲人親自去了。

王夫人先是問寶玉傷勢如何，又給了兩瓶香露，吩咐調水給寶玉喝；後來，便和襲人聊了起來。襲人於是說道：「我今兒大膽在太太面前說句不知好歹的話，論理……，論理二爺也需要老爺教訓教訓，老爺如果再不管，將來不知會做出什麼事來呢！」

王夫人一聽，合掌唸了聲「阿彌陀佛」，對著襲人說：「我的兒！虧妳也明白，這話和我的心一樣。我何嘗不知道管兒子？只是如今我已快五十歲的人，只剩這一個兒子，他又長得單薄，又得老太太寵愛，若是管教他，打壞了他，將來我靠誰呢？」說著，不由落淚。

襲人也不覺傷心落淚，又說道：「二爺是太太生養的，豈能不心疼。只是太太今日提起這話來，我便記起還有一件事想告訴太太，請太太做主。不過，倒怕太太疑心，若是那樣，不但我的話白說了，而且連葬身之地都沒了。」

王夫人忙說：「我的兒！妳有話只管說。近來我常聽有人誇妳，剛才妳和我說的話，也全是大道理，正和我的想法一樣。現在妳有什麼只管說什麼，但別讓其他人知道就是了。」

襲人道：「我是想，應該變個法子，讓二爺從大觀園裡搬出來才好。」

王夫人一聽大驚，拉住襲人的手問道：「寶玉難道跟誰作怪了不成？」

襲人連忙回道：「沒有，太太別多心，這不過是我的小見識。如今二爺也大了，園裡的姑娘也大了，尤其薛、林二姑娘是表姊妹，日夜相處，不得不叫人懸心。俗語說：『沒事常思有事』，預先不防著，萬一出了半點錯，不但二爺的聲名完了，就是太太也難向老爺交代。近來，我爲這件事眞是日夜懸心。」

王夫人聽了這話，如雷轟電擊一般，忙說：「我的兒！妳竟有這樣心胸，想得這樣周全！難爲妳顧全我娘兒兩人的聲名體面，我眞不知妳這麼好！今天，妳既然說了這番話，以後我就把寶玉交給妳了，留心看著他，保全了他，就算保全我。我自然不辜負妳。」

襲人連聲答應了。

回到怡紅院裡，襲人調了香露給寶玉嘗嘗，果然非常香妙。然而，寶玉心裡記掛著黛玉，想打發人去看看她，卻怕襲人知道，於是，便叫襲人去向寶釵借書。

襲人走後，寶玉叫來晴雯，吩咐道：「妳到林姑娘那裡，看看她在做什麼。她如果問起我，就說我好了。」

晴雯說：「平白無故的，叫我做什麼去呢？至少也交代一些話，或是送件東西，不然，我去了要說什麼？」

寶玉想了想，便伸手拿了兩條手帕給晴雯，笑道：「就說我叫妳送這個去給她。」

晴雯道：「這又奇了！她會要這半新不舊的手帕？她又要生氣，說你打趣她了。」

寶玉笑道：「你放心，她自然知道。」

晴雯聽了，只得拿了帕子往瀟湘館來。這時，黛玉已熄了燈，躺在牀上，聽到有人來，便問：「做什麼？」

晴雯回答：「二爺送手帕來給姑娘。」

黛玉覺得納悶，問道：「這帕子是誰送他的？必定是上好的，叫他留著送別人吧，我不用了。」

晴雯笑道：「不是新的！是舊的。」

黛玉更納悶了。細細一想，突然大悟，連忙說：「放下，去吧！」

晴雯聽了，只得放下，抽身回去，一路上想了又想，就搞不清怎麼回事。

黛玉可就體會出手帕的意思了，心想：「寶玉能領會我的深意，令我可喜；我這番心意，不知將來如何，又令我可悲；想想他叫人私下拿帕子給我，又可懼；我自己常常生氣好哭，又令我可愧。」

就這樣左思右想，不覺神魂馳蕩，五內沸騰，於是坐起身來，命人點燈，便拿起筆來，在手帕上寫道：

五內：指人體的心、肝、脾、肺、腎等五臟。

「拋珠滾玉只偷潸，鎭日無心鎭日閑；
枕上袖邊難拂拭，任他點點與斑斑。」

意思是說：淚水像斷了線的珠玉，悄悄的滴落不止，整天無心做事，只能閒坐發慌；枕下、袖邊的淚水，擦也擦不盡，就任它斑斑點點的留在那兒吧！

黛玉一連在手帕上寫了三首詩，還想往下寫時，只覺渾身火熱，臉上發燙。走到鏡子前，一看——腮上的紅豔，眞比得過嬌美的桃花。黛玉拿著帕子上牀去睡，但仍是輾轉反覆的思量著。

寶玉這次因爲挨了一頓打，著實惹得人人爲他心疼擔憂。慶幸的是，在大家悉心照顧下，他便漸漸好了起來。

賈母因爲怕賈政又找寶玉去問話，便吩咐道：「以

星宿不利：古人稱星座爲星宿，認爲人的命運和星宿有關，如果相對應的星宿不吉利，就會遇到不吉之事。

沽名釣譽：特意做作，以獲取名譽。

後如果有客人來，老爺要叫寶玉，就告訴他我說了：寶玉因爲打重了，要休養幾個月；還有他星宿不利，不見外人。」

寶玉知道後大樂，從此，除了一早到賈母、王夫人那兒請安之外，其他親戚朋友都不往來。

寶玉整日在大觀園中遊耍，常常跟丫鬟們膩在一塊兒，有時寶釵等人便找機會勸他。沒想到，寶玉反而生氣，說道：「好好一個清淨潔白的女兒，也學人沽名釣譽，談什麼學業功名？」

只有黛玉，自始便不曾勸他去求取功名利祿，所以他深敬黛玉。

一日，寶玉忽然想起那十二個唱戲的女孩子，聽說其中齡官唱得最好，便到梨香院找齡官。誰知齡官正臥病在牀，不願意唱戲給寶玉聽。

寶玉仔細看了看齡官，才發現前些日子曾經在園子裡看見這女孩兒，當時她蹲在薔薇花下，拿著金簪在土上畫「薔」字，一直畫了幾十個，連下雨了也沒發覺，衣服都淋濕了。寶玉那時看得發呆，也被雨水淋得一身濕，但不知那女孩就是齡官。

一會兒，賈薔也來到梨香院，手裡提著個鳥籠，笑著對齡官說：「瞧！我買了雀兒給妳玩，省得妳天天悶得不開心。」說著，逗弄雀兒給齡官看。

鳥籠裡有個小戲台，雀兒在戲台上蹦蹦跳跳，旁邊的女孩兒看了，都說有趣，唯獨齡官冷笑道：「你們好好兒把我們弄來，關在這裡學唱戲，現在又弄個雀兒站在戲台上耍，分明是故意形容打趣我們！」

賈薔慌得連忙説：「我根本沒想到這上頭，原本是想爲妳解悶的，現在也罷，放生算了！」説完，眞的把雀兒放飛了，還把籠子也拆掉。

齡官又説：「我今兒咳嗽出兩口血來，你也不替我問問大夫，還弄這個來取笑！」説著，哭起來。

賈薔忙説：「昨晚大夫來時我問了，他説沒關係，吃兩劑藥看看。誰知妳今兒又吐了，我現在請他去。」説著，便要出去。

齡官又叫：「站住！這會兒太陽正毒，你賭氣去請了大夫來，我也不瞧！」賈薔只得又站住，眞不知如何是好。

寶玉在一旁看了，才明白當日畫「薔」深意，感觸很多，再也看不下去，便先離開了。至此，寶玉終於明白，並非天下所有女孩都會爲他流淚，只能「各人得各人的眼淚」罷了。

寶玉就這樣在女孩子堆裡，一日過著一日，有時也不免覺得無聊。一天，正無聊時，三妹探春的丫鬟來到怡紅院，送上一封信。

寶玉展信一讀，不禁拍手笑道：「倒是三妹妹高雅，我現在就過去商議。」

原來，探春提議要起個詩社，於是給各姊妹寫了帖子，請大家到秋爽齋去。寶玉到時，見迎春、黛玉、寶釵都已經在那兒了。

沒多久，李紈也進來了，笑道：「眞雅呢！要起詩社，我推荐自己來主持。春天時，我就有意起社，但想到我又不會作詩，瞎亂些什麼，也就沒說。現在三妹妹高興發起，我就毛遂自薦來當這社長，幫妳一起辦起來。」

黛玉道：「既然要起詩社，咱們都是詩翁了，應先把『姊妹叔嫂』等稱呼改了，才不俗氣。」

李紈說：「對極了！何不大家起個別號，彼此稱呼倒雅。我就定個『稻香老農』的別號。」

探春笑道：「我最喜歡芭蕉，就叫『蕉下客』吧！」

眾人都道：「別致有趣。」

黛玉卻笑說：「你們快把她牽去做成肉脯，好下酒吃。」

大家都沒弄懂，黛玉又笑道：「古人曾說『蕉葉覆鹿』，她自稱『蕉下客』，可不是一隻鹿嗎？快做成鹿

蕉葉覆鹿：古書《列子》中記載，有個樵夫打死了一隻鹿，因為怕別人看見，就用蕉葉把鹿蓋上，後來自己卻忘了把鹿藏在哪裡，便以為只是做了一場夢。

脯來吃！」眾人聽了，都笑起來。

探春也笑笑說：「妳別使巧話罵人，我已替妳想了一個適合的美號。」於是向大家說：「傳說娥皇、女英兩位妃子，把淚灑在竹子上而形成斑，所以叫『斑竹』，又稱『湘妃竹』。如今黛玉住的是瀟湘館，她又愛哭，將來她想林姊夫時，瀟湘館裡的竹子也要變成斑竹的。所以，我們就叫她『瀟湘妃子』吧！」大家聽了，都拍手叫妙。黛玉也低下頭，不說話。

李紈笑道：「我也替薛大妹妹想了個好的，只三個字，我封她『蘅蕪君』。」

探春笑道：「這個封號太好了。」

寶玉道：「我呢？妳們也替我想一個。」

寶釵笑道：「你就叫『無事忙』最恰當！要不然便

給你一個號叫『富貴閒人』，天下最難得的就是既富貴，又閒散，你剛好兩樣都有了。」

寶玉笑道：「我當不起！還是隨妳們混叫吧！」

黛玉道：「怎麼可以混叫？你既然住怡紅院，索性叫你『怡紅公子』吧！」衆人都說：「也好！」

接著，二姑娘迎春和四姑娘惜春，也都取了號，分別叫「菱洲」、「藕榭」。

各人都有了號，便開始作詩比賽。剛好不久前，賈芸送了兩盆白海棠給寶玉，大家便以白海棠做爲題目，又把詩社定名爲「海棠社」。這第一次比賽的結果，蘅蕪君奪魁，瀟湘妃子第二。

大家興致勃勃的寫詩作樂，卻忘記還缺了個湘雲。湘雲因父母雙亡，平時都跟叔父史鼎和嬸娘同住，她的嬸娘對她並不好。前幾日，她被接回叔父家去，臨走前還叮嚀寶玉：「就算老太太想不起我，你也要提醒她打發人接我來玩。」

這天晚上，寶玉想了起來，急得立刻催賈母派人接去。但是天晚了，只得等到第二天，才接來湘雲。

湘雲一到，便急著以「海棠」爲題，一口氣做了兩首詩，衆人都禁不住稱讚。湘雲詩興大發，說道：「明日就由我作東，先邀一社吧！」

晚上，寶釵請湘雲到蘅蕪院同住，商議著開社的事情。寶釵道：「邀請大家做詩，就得作東請客，妳一個月沒多少零用錢，就算都拿出來也不見得夠用；而且，要是被妳嬸娘知道了，恐怕也不好。」

這番話提醒了湘雲，她不禁猶豫起來。寶釵又說：

「我倒有個主意。我們家的當鋪裡有個夥計，他家有很多肥螃蟹，我和我哥哥說一聲，要幾簍大螃蟹來，把老太太和姨媽她們都請來吃螃蟹，妳先別提詩社的事，等大家在園子裡吃過螃蟹，賞了桂花，咱們多少詩作不出來？這豈不又省事又大家熱鬧？」

湘雲聽了，很感謝她的周到，寶釵卻又說：「我是一片眞心爲妳，妳千萬別多心，以爲我小看了妳，那咱們兩個就白好了。」

湘雲笑道：「好姊姊，我是把妳看做親姊姊一樣，妳這麼說，倒是對我多心了。」

寶釵一聽，立刻叫了個婆子去向薛蟠要螃蟹。然後便和湘雲討論起作詩的題目，兩人以「菊」爲主題，擬了「咏菊」、「畫菊」、「菊夢」等一組十二個題目。

第二天，賈母、王夫人、薛姨媽、鳳姐等人，全進了大觀園，一時間，園子裡熱鬧非凡。賈母來到蓋在池水上的藕香榭，忽然想起她小時候，家裡也有一個這樣的亭子，叫做「枕霞閣」，便說道：「我那時常跟姊妹們去亭上玩，一天失了腳掉進水裡，差點兒淹死，好容易救上來，卻被木釘把頭碰破了。你們瞧，這裡的一個窩兒，就是那時的殘破。當時大家都說我活不得了，誰知竟好了。」

眾人聽了，尚未答話，鳳姐搶先笑著說：「那時要活不得，如今這麼大的福可叫誰來享呢？可見老祖宗從小的福壽就不小，才會碰出那個窩兒來，好盛福壽。你們可知那壽星老兒的頭上原也有個窩兒，因爲被萬福萬壽盛滿了，所以反而凸高了出來。」

鳳姐說完這麼一串話，衆人早已都笑軟了。賈母笑道：「妳這猴兒，只管拿我取笑起來，恨的我撕妳那油嘴。」

鳳姐笑道：「待會兒要吃螃蟹，怕積了冷在心裡，現在討老祖宗笑一笑、開開心，一高興多吃兩個就無妨了。」

賈母笑道：「明兒叫妳日夜跟著我，常讓我笑笑開心，不許回家去。」

王夫人笑道：「就是老太太喜歡她，才慣的她這個樣兒，現在還這麼說，以後更要無禮了。」

賈母笑道：「我喜歡她這樣，她又不是那不知分寸的孩子，家常生活沒有外人，原該這樣。」

說著，一行人在亭子裡坐了下來，享受肥美的螃蟹大餐。李紈和鳳姐都沒敢跟著吃，只在賈母和王夫人桌上伺候著，倒是讓丫頭們到亭外的廊上，先吃了起來。

眾人飲酒、吃蟹，著實都高興作樂了一陣子。等賈母等人一時不吃了，大家才散去，把手都洗了。

湘雲此時取來詩題，釘在牆上，讓大家自己選題作詩。寶釵頭一個上來，把「憶菊」的題目勾下，簽了一個「蘅」字。接著，黛玉勾了「問菊」、「菊夢」，在下頭簽了個「瀟」字。寶玉、探春、湘雲也都來勾，只是湘雲在題目下簽了個「湘」字，大家才想起她也該起個號。

寶釵笑道：「剛才老太太說妳們史家從前有個『枕霞閣』，妳不如就叫『枕霞舊友』。」

寶玉一聽，不等湘雲動手，就把「湘」字抹了，改上一個「霞」字。

於是，衆人各自沈吟作詩。過了一段時間，十二個題目全都作出來了。李紈這位社長便擔任起評判，一一細讀每首詩文。比賽的結果是瀟湘妃子奪魁，她共作了三首，每一首都受到了讚揚。

大家興高采烈的一起評論著詩句，一會兒，又要了熱蟹來，圍在一塊兒再吃一回。寶玉笑道：「今日持螯賞桂，也不可無詩。我已有了一首，現在寫出來，看誰還敢作？」

寶玉興致高昂，立刻洗手揮筆而作，黛玉、寶釵也跟著都寫了一首。結果，這三首描寫賞桂食蟹的詩，以蘅蕪君之作最受衆人喝采。

在這大觀園裡，寶玉和黛、釵等眾姊妹們，整日賞花吟詩、同遊共戲，可眞是享盡了青春年少的歡樂。

第十一回　劉姥遊園・詩社添新

這天，榮國府裡來了位不太一樣的客人，她是王夫人和鳳姐娘家的一門遠親，大家稱她「劉姥姥」，從前她生活窘困時，曾經來求鳳姐幫忙，鳳姐給過她二十兩銀子。

劉姥姥這次帶著孫子板兒來到榮府，卻不是爲了求人救助，而是想到以前得過榮府的恩情，現在趁田裡收成轉好，就趕緊帶了些自家種的瓜果蔬菜，登門來謝賈府之恩。

鳳姐見過劉姥姥之後，便上賈母那兒去了。劉姥姥就留在房裡，和鳳姐的丫鬟平兒以及管家們聊天。過了好一會兒，劉姥姥看看窗外的天色，說道：「時候不早了，我們可得回去囉！要是來不及出城，趕不到家，就得餓肚子啦！」

於是，管家便說得去回報鳳姐一聲。沒多久，管家笑嘻嘻的回來，說：「可是妳的福氣來了，竟投了兩個人的緣。先是二奶奶說時候晚了，就留妳住一夜；後來老太太聽到了，說：『我正想找個積古的老人家說說話，就請劉姥姥來讓我見一見。』」

平兒連忙帶著劉姥姥和板兒，往賈母房裡去。到了那兒，只見大觀園的姊妹也都在。劉姥姥一個人也不認得，只見有位老太太斜靠在榻上，一個像美人似的丫鬟

積古：社會經驗豐富，知道許多古老的事情。

在給她捶腿，鳳姐正站在她跟前說笑。

劉姥姥便知那人是賈母，忙上前行禮，笑著說：「請老壽星安。」那板兒有些羞怯，不懂得問候人。

賈母道：「老親家，妳今年多大年紀了？」

劉姥姥說：「我今年七十五了。」

賈母向眾人道：「這麼大年紀了，還這麼健朗。比我大好幾歲呢！我要到這麼大歲數，恐怕動不得了！」

劉姥姥笑道：「我們生來是受苦的人，老太太生來是享福的，如果我們像老太太這樣，田裡的活兒就沒人做啦！」

賈母又問：「眼睛、牙齒都還好吧？」

劉姥姥道：「都還好，就是今年左邊的槽牙有點兒搖動了。」

槽牙：臼齒俗稱槽牙。

賈母道：「我都不中用了，眼也花，耳也聾，記性也沒了。平日不過嚼得動的吃兩口，閒時睡一覺，悶了時和孫子孫女兒玩笑一回，也就罷了。」

劉姥姥道：「這正是老太太的福了，我們想這樣也不能呢！」

賈母道：「什麼『福』，不過是個老廢物而已。」說的大家都笑了。

劉姥姥又陪著賈母說了好些話，有些是她在鄉村裡的所見所聞，有些是她隨口編的傳說故事。不管是眞是假，大家都聽得津津有味；尤其是寶玉，簡直聽傻了。

劉姥姥得了賈母的歡心，不但在賈府住下，第二天還帶她進大觀園一遊。

一早，賈母帶了一群人進來，李紈忙迎上去，說：

「老太太高興，這麼早就進來了。我以爲您還沒梳頭，才採了菊花要送去。」

賈母便從盤裡的菊花中，挑了朵大紅的插在鬢上，又回頭對劉姥姥笑道：「過來戴花兒。」

鳳姐在旁一把拉過劉姥姥，笑道：「讓我打扮妳。」說著，將一盤子的花全都橫三豎四的插在劉姥姥頭上。賈母和眾人笑得不得了。

劉姥姥笑道：「我這頭也不知修了什麼福，今兒這樣體面起來。」

眾人笑道：「妳還不拔下來摔到她臉上呢！她把你打扮成個老妖精了！」

劉姥姥仍是笑道：「我雖老了，年輕時也風流，愛個花兒、粉兒的，今天就作個老風流。」

說說笑笑間，衆人來到沁芳亭上。賈母坐了下來，問劉姥姥道：「這園子好不好？」

劉姥姥唸了聲「阿彌陀佛」，說道：「我們鄉下人到了過年，都到城裡買幅年畫回去，大家常說：『要能到畫上逛逛多好。』不過都想那畫一定是假的，哪兒有這種地方呢？誰知我今兒進這園裡一瞧，竟比那畫兒還強十倍！如果有人照著這園子畫一張，我拿回家去給他們見見，死了也得好處。」

賈母聽了，指著惜春笑道：「妳瞧我這小孫女兒，她就會畫。等明兒叫她畫一張如何？」

劉姥姥喜得忙跑過來，拉著惜春說：「我的姑娘，妳這麼小年紀，又這麼個好模樣，還有這個能幹，該不是神仙投胎的吧？」

眾人在亭裡休息了一會兒，便往瀟湘館走去。一進門，只見兩邊翠竹夾路，土地上布滿青苔，只有中間一條小徑上鋪了石子。劉姥姥把石子路讓出來給賈母等人走，自己走在旁邊的泥土路上。丫鬟拉著劉姥姥說：「姥姥，小心青苔滑，妳上來走。」

劉姥姥道：「沒關係，我們鄉下人走慣了，倒是姑娘們小心別弄髒了繡鞋。」才說著，劉姥姥腳底一滑，「咕咚」就摔倒了。

眾人不禁哈哈大笑。賈母笑罵道：「還不攙起來，只站著笑！」

說話時，劉姥姥自己爬了起來，笑道：「才說嘴，就打了嘴。」

賈母問她：「可扭了腰不曾，叫丫頭們捶一捶

從鄉下來的劉姥姥進了大觀園，連鬧了許多笑話，惹得賈老太太及眾家故娘笑得合不攏嘴。

吧！」

劉姥姥道：「我哪這麼嬌嫩？平日哪一天不跌兩下子，都要捶起來，還得了！」

賈母等進了黛玉房裡，劉姥姥見窗旁的桌上擺著筆硯，書架上又堆著滿滿的書，便說：「這必定是哪位哥兒的書房了。」

賈母笑指黛玉說：「這是我外孫女的房子。」

劉姥姥仔細打量黛玉一番，笑道：「這哪像個小姐的繡房，竟比那上等的書房還好！」

說笑間，賈母看見窗子上的紗顏色舊了，便對王夫人說：「這院子裡的竹子已經是綠的了，再拿這綠紗糊上，反而不配。我記得咱們有四、五樣顏色的紗，明兒把她這窗上的換了吧！」

鳳姐在一旁忙道：「昨兒我開庫房，看見箱子還有好幾匹銀紅蟬翼紗，顏色又鮮，紗又輕軟，我從來沒見過這樣的。」

賈母聽了，笑道：「呸！大家都說妳有多少見識，連這個紗也不認得，還說嘴！」

薛姨媽笑笑說：「憑她怎麼有見識，也不能跟老太太比，您何不教教她，我們也好聽聽。」

賈母道：「那個紗，比你們的年紀還大呢！原是跟蟬翼紗有點像，但其實叫『軟煙羅』。這紗若是做成帳子，或糊在窗上，遠遠看著，就似煙霧一樣，所以叫『軟煙羅』；銀紅色的又叫『霞影紗』。明兒就找出幾匹『霞影紗』，替黛玉糊窗子。」

眾人在瀟湘館裡聊了一會兒，便往探春住的秋爽齋走去，準備在那兒用早餐。鳳姐和賈母的丫鬟鴛鴦，提早一步到秋爽齋準備桌案，兩人悄悄商議了一番，打算拿劉姥姥開些玩笑，給大家逗樂。

賈母一行人來到之後，鴛鴦把劉姥姥拉了出去，囑咐一番話，並說：「這是我們家的規矩，若錯了，我們可是會笑話妳的。」

等大家都就坐後，鳳姐特別拿了一雙鑲金的象牙筷給劉姥姥。上菜時，鳳姐又選了一碗鴿子蛋，放在劉姥姥桌上。當賈母開口說聲「請」時，劉姥姥忽然站起來，大聲唸著：「老劉，老劉，食量大如牛，吃個老母豬不抬頭。」說完，還鼓起腮幫子。

眾人先是發怔，後來全都哈哈大笑起來。湘雲撐不住，一口飯噴了出來；黛玉笑岔了氣，伏在桌上喊「噯喲」；寶玉早笑得滾到賈母懷裡，賈母按著他叫「心肝」；王夫人笑著用手指鳳姐，卻說不出話來；薛姨媽也撐不住，口裡茶噴了探春一裙子；探春不小心把手裡的飯碗，扣在迎春身上；惜春跑去拉著她的奶母，叫她揉揉肚子。

在場的沒有一個人不笑得彎腰駝背，只有鳳姐和鴛鴦忍著，還不停的勸劉姥姥用菜。

劉姥姥拿起筷子，只覺得沈甸甸的不聽使喚，口裡又說：「這裡的雞也俊，下的蛋這麼小巧，我夾一個吃吃看。」眾人剛止住笑，聽了這話，又笑開來。

賈母笑得眼淚都流出來了，說道；「這一定是鳳丫頭搞的鬼！快別信她的話了。」

鳳姐仍笑著對劉姥姥說：「妳快嘗嘗吧！一兩銀子

一個呢！冷了就不好吃了。」

劉姥姥伸出筷子，滿碗的撈了一陣，也夾不起來，好容易撮起一個，才伸著脖子要吃，偏又滑下來，滾到地上了。劉姥姥嘆道：「一兩銀子，就這麼沒了。」

這時衆人都已無心吃飯，只看著她笑。賈母道：「是誰把那筷子給劉姥姥的？又不擺大筵席請客！都是鳳丫頭支使的，還不快換了！」

於是，這才給劉姥姥換上跟大家一樣的烏木鑲銀筷子。劉姥姥道：「去了金的，又來銀的，到底還是沒有我家裡的用來順手。」

鳳姐道：「用這銀筷子，可以試出菜裡有沒有毒。」

劉姥姥道：「這菜裡要有毒，我們鄉下的菜都成了砒霜：一種劇毒。

砒霜了。現在哪怕毒死了，也要把它吃光。」

這一頓飯，就在劉姥姥逗趣中吃完了。

飯後，賈母帶著眾人繼續遊園。來到寶釵的蘅蕪院時，只聞得異香撲鼻，但房裡卻十分素淨，沒有什麼擺設。賈母看了，便吩咐鴛鴦把她從前收藏的石頭盆景等裝飾物品，拿來送給寶釵。

接著，眾人又到綴錦閣上，一面飲酒，一面聆賞女戲們演奏樂曲。之後，來到櫳翠庵，妙玉便備茶招待眾人。

妙玉是個心性高傲的修行人，她的言行舉止、器物用品，都與常人不同。因此，她招待眾人所飲的茶、所用的茶具，都極有品味；連泡茶用的水，都是特別密封儲存著的雨水。

賈母等人飲茶時，妙玉又另外將寶釵、黛玉二人找了出去，寶玉也悄悄跟著。原來，妙玉準備另請她二人，見寶玉跟到，只說：「你這次吃的茶，是託她們的福，如果只有你來，我是不給的。」

黛玉吃了茶，問道：「這也是舊年的雨水？」

妙玉冷笑道：「妳這麼個人，竟是大俗人，連水也嘗不出來！這是五年前，我住在山上時，從梅花瓣上盛著的雪，收集得來的。」

黛玉知妙玉天性怪僻，不愛多話，因此坐了一會兒，便約寶釵出來。這邊賈母等人，也沒有久留。

出來後，賈母因覺得累了，便往稻香村休息，鴛鴦等人還帶著劉姥姥各處去逛。忽然，劉姥姥覺得肚子不舒服，想要方便，一個婆子便趕緊帶了她去。沒想到，劉姥姥方便完，站起身來，一陣頭暈眼花，又找不著帶路來的婆子，只好自己摸索著回去。走著走著，也不知怎麼闖進一個房門，在裡頭轉來轉去，竟看見一個插了滿頭花的老婦人迎面走來，劉姥姥便開口嘲笑她，那婦人卻沒反應，劉姥姥忽然想起：「常聽說大富貴人家有一種穿衣鏡，這別是我自己在鏡子裡呢！」

說著，伸手一摸，果眞是個鏡子。劉姥姥隨手四處亂按，不知怎麼觸動開關，竟露出門來，裡頭還有一張極精緻的床。劉姥姥此時已有七、八分醉意，不禁倒在那床上，呼呼大睡起來。

衆人見劉姥姥去了這麼久，還不回來，都笑她是不是掉進茅廁裡。板兒等不到姥姥，急得哭了。

襲人於是趕緊起身去找。找來找去，找進了怡紅院，驚見劉姥姥仰臥在寶玉床上！襲人慌忙的推醒劉姥姥，悄悄的把她帶回去，只告訴衆人：「她在草地上睡著了。」

劉姥姥在大觀園裡玩鬧了一日，晚上便向鳳姐辭行，要回鄉下去。鳳姐於是準備了布匹、點心、果子等物品，還有一百兩銀子，送給劉姥姥。第二天，劉姥姥便千恩萬謝的回去了。

大觀園裡雖走了劉姥姥，卻也還有其他的熱鬧。先說薛寶釵因爲哥哥薛蟠出遠門去了，便把哥哥的妾香菱找進大觀園裡，陪她同住。這香菱就是當年薛蟠跟人搶來的丫頭，後來做了他的妾。

香菱原本也是書香人家的小姐，她的父親甄士隱還跟黛玉的老師賈雨村是朋友。只是香菱在三歲時便被人拐走，賣做丫鬟，所以她根本不知道自己的身世。不過，香菱骨子裡仍有著書香血脈，一進得大觀園來，便央求寶釵教她作詩。

後來，香菱見了黛玉，也請黛玉教她作詩。黛玉笑道：「既要作詩，妳就拜我作師，我雖不通，大略也還教得起妳。」

香菱果眞拜黛玉爲師，借來唐代詩人王維、杜甫等人的詩集，細細研讀，並不時向黛玉求教。衆人見香菱如此認眞，便邀她加入了海棠詩社。

這一日，寶釵、黛玉、李紈等人，正聚在一起欣賞香菱新作的詩。忽然，丫頭們來報，說前頭來了好些姑娘、奶奶們，請大家快去認親。

原來，賈府這一天裡同時來了三家親戚：邢夫人的兄嫂及其女兒邢岫烟、李紈的寡嬸及其女兒李紋和李綺、薛蟠的堂弟薛蝌和堂妹薛寶琴。

這幾個來到賈府的姑娘，一個個也都大方靈秀，不輸給大觀園裡的女孩兒們。薛寶琴尤其得人喜愛，王夫人認她作了乾女兒，賈母要她跟自己住在一塊兒。其他的女孩則住進了大觀園：邢岫烟跟迎春同住、李綺和李紋住進李紈的稻香村。

才安排好這些姑娘，剛好史湘雲的叔父要遷到外地作官，賈母捨不得侄孫女遠離，便把她接進榮府來住。本來要爲湘雲在大觀園裡特別安排住處，她卻不肯，只要跟寶釵一塊兒住。

這下子，大觀園裡可眞是熱鬧極了。一群人，全都加入了海棠詩社。若論起各人的年齡，除李紈、鳳姐稍長之外，其他人都在十五、六歲上下，誰大誰小，連他們自己都分不大清楚，不過是兄、弟、姊、妹的混著叫。

第十二回　晴雯補裘・紫鵑試玉

時序已經進入了冬天，大觀園裡下過幾場雪。一天早上，寶玉去給賈母請安時，賈母命鴛鴦拿了件烏雲豹的氅衣給他，說道：「這是俄羅斯國的『雀金呢』，是用孔雀毛捻了線織成的。前幾天，把一件野鴨子毛的給了你寶琴妹妹，這件給你吧！」

這雀金呢的裘衣，看來金翠輝煌、色彩斑斕，寶玉向賈母磕頭謝過，便披在身上。王夫人看了，特別交待寶玉仔細穿，小心別糟蹋了。賈母也囑咐道：「就剩下

氅衣：用羽毛做的裘衣。

裘：皮製的衣服。

這一件了，你要糟蹋了，可再也沒有了。」

寶玉答應了幾聲「是」，便出門去。誰知這才第一天穿上，到傍晚進門時，就發現衣服上燒破了一個洞。寶玉急得唉聲嘆氣，還直跺腳。

丫鬟麝月看了，道：「一定是手爐的火迸上了，才燒了這個小洞。趕緊叫人悄悄拿出去，找個能幹的織補匠人給補上就是了。」

一個婆子把孔雀裘包了拿出去，去了好一會兒才回來，卻說：「不但問了織補匠人，連裁縫、綉匠都問遍了，都沒有人見過這種衣服，都不敢接。」

麝月道：「也罷，明天不穿就是了。」

寶玉道：「不行啊！老太太、太太都說了，明天要穿這個去，偏偏我第一天就給燒了，豈不掃興？」

這時，躺在一旁的丫鬟晴雯，翻身起來說：「拿來我瞧瞧吧！沒福氣穿就罷了，這會兒又著急。」

晴雯前幾天因爲受了風寒而臥病在牀，後來，又發現她所管教的一個小丫頭墜兒，偷了鳳姐的金鐲子，惹得她大發脾氣。本來，鳳姐的丫鬟平兒好心的隱瞞了這件事，沒讓鳳姐和晴雯知道，可是卻被寶玉從旁得知，告訴了晴雯。這天下午，晴雯才找了個藉口，把墜兒趕走，還跟墜兒的母親大吵一架；所以，這時的晴雯正又病又氣。

寶玉見晴雯起來了，便把衣服遞上，又移過燈來。晴雯仔細瞧了瞧，道：「這是孔雀金線織的，現在如果也拿孔雀金線，就像界線似的織密了，恐怕還可以混得過去。」

界線：手工刺繡和織補工藝中所用的一種縱橫線織法。

麝月笑道：「孔雀線是現成的，但這裡除了妳，還有誰會界線呢？」

晴雯道：「那我也只有拚命了。」

寶玉忙道：「這如何使得！妳才好了些，怎麼能做活？」

晴雯道：「你別婆婆媽媽了，我自己知道。」一面說，一面挽起頭髮，披上衣裳，卻只覺頭重身輕，滿眼金星亂迸，差點兒撐不住。但爲了怕寶玉著急，也只能咬牙撐著。

晴雯先拿起一根線，比了比，笑道：「這雖不是很像，若補上，應該也看不出來。」

寶玉道：「這就很好了。」

晴雯一針又一針，細細織補著，每補兩針，就停下來仔細再看看。無奈頭暈眼花，氣喘神虛，補不上三、五針，便伏在枕上歇一會兒。

寶玉在旁，一會兒問：「要不要喝點兒熱水？」一會兒又喊著：「歇一歇，歇一歇！」還拿來一件斗篷，替晴雯披上；又拿了枕頭來，要晴雯靠著。

晴雯急得說：「小祖宗！你只管去睡吧！再熬夜不睡，明天兩眼凹了，可怎麼辦？」

寶玉見晴雯著急，只好去睡，但卻是睡不著。一直到鐘敲了四下，終於補好；晴雯又拿來小牙刷，慢慢的剔出絨毛來。

麝月道：「很好了，若不留心，是看不出來的。」

寶玉急忙跑來瞧，說道：「真的跟原來一樣了！」

晴雯咳嗽了幾陣，只說：「不管像不像，我是再也不能了。」說著，「噯喲！」一聲倒了下去。

寶玉趕緊叫小丫頭過來捶背，天一亮，又忙請來大夫。好容易把過脈、吃了藥，寶玉又在一旁嘆道：「這可怎麼辦？如果有個好歹，都是我的罪孽！」

晴雯躺在床上道：「好二爺，你做你的事去吧！我哪有什麼嚴重的？」

寶玉只好去見了賈母、王夫人，所幸都沒發現孔雀裘補過之事。而晴雯經過幾日服藥調養，也漸漸好了。

日子一天天過去，轉眼又到了春天。在這乍暖還寒的時節，黛玉咳嗽的老毛病犯了。

這天午後，寶玉前去探望黛玉，但她已經睡了。寶玉便問黛玉的丫鬟紫鵑：「林姑娘昨日夜裡還有沒有咳嗽？」

紫鵑道：「好些了。」

寶玉笑道：「阿彌陀佛，眞希望她都好了！」一面說，一面看紫鵑衣服穿的單薄，便伸手摸了摸，道：「穿這樣單薄，還坐在風口，萬一妳也病了，可就更麻煩啦！」

紫鵑道：「從此咱們只可說話，別動手動腳的。你以爲還像小時候嗎？小心有人背地裡說你。姑娘就常吩咐我們，不要跟你說笑。你看她最近都遠著你呢！」說完，便起身走開了。

寶玉聽了這話，心裡像澆了盆冷水，怔怔的走出瀟湘館，坐在一塊石頭上發呆，還忍不住落下淚來。

一會兒，黛玉的另一個丫鬟雪雁走來，看見寶玉在發呆，便笑問：「你在這裡做什麼？」

寶玉說：「妳又做什麼來找我？她不是不許妳們理我嗎？妳快回去吧！」

雪雁以爲寶玉受了黛玉的委屈，只好回去。進了黛玉房裡，見她還在睡，便問紫鵑：「姑娘還沒醒，是誰給了寶玉氣受？坐在桃花樹下哭呢！」

紫鵑聽了，趕緊去找寶玉。來到寶玉跟前，笑道：「我不過說了幾句話，也是爲大家好，你就賭氣跑到這風地裡哭，是要生病嚇唬我嗎？」

寶玉笑道：「誰賭氣了！我因爲聽妳說的有理，想到以後別人也會漸漸不理我了，所以傷心。」

紫鵑道：「不說這些了。我想到一件事問你，那些燕窩是怎麼回事？」

寶玉道：「是我在老太太面前提了一下，大概她就叫鳳姐每天給妳們一兩燕窩。這東西要天天吃，吃上兩三年就好了。」

紫鵑道：「原來是這樣，多謝你費心。只是在這兒吃慣了，明年回家去，哪有閒錢吃這個？」

寶玉大驚，忙問：「誰？回哪個家？」

紫鵑道：「你妹妹回蘇州家去。」

寶玉笑道：「妳又說謊。蘇州雖是原籍，但姑父、姑母都去世了，明年回去找誰？」

紫鵑冷笑道：「你太小看人了。只有你賈家是人多勢衆的大族嗎？原本是老太太心疼我們姑娘年紀小，才接了來住幾年，將來大了要出閣時，自然要送還林家。林家也是書香之家，還有叔伯長輩在，所以明年就算你們不送還，林家必有人來接的。前天夜裡，姑娘和我說

出閣：女子所住的屋子稱「閨閣」，所以出嫁稱爲「出閣」。

了，叫我告訴你，將從前小時候她送你的東西，都打點出來還她；她也把你送的東西，都收拾好了。」

寶玉聽了，簡直像被雷打中一般，整個人都僵住了。紫鵑想看他如何回答，他卻一聲不吭。

忽然，晴雯找來說：「老太太叫你呢！」只見寶玉呆呆的，滿臉紫脹，一頭熱汗。晴雯忙拉著寶玉，回到怡紅院中。

襲人見了寶玉，也不知他怎麼回事，發熱不打緊，兩個眼珠兒竟直愣愣的，嘴角還流出口水來。給他個枕頭，他便睡下；扶他起來，他便坐著；倒了茶來，他便吃茶。

眾人慌得六神無主，又不敢去告訴賈母，只得趕緊請了李嬤嬤來看。李嬤嬤看了半天，問了幾句話，都不人中：人的嘴唇上方正中凹進去的部位。

見寶玉有反應，便用力掐他的人中，他竟也不覺得疼。李嬷嬷「呀」的一聲大哭起來，摟著寶玉說：「可不得了，不中用了！」

襲人等皆急得哭起來，晴雯才說不知紫鵑剛才跟寶玉說了什麼。襲人急急來到瀟湘館，質問紫鵑。黛玉見她舉止不似從前，滿面急怒，又有淚痕，不免也慌了，問道：「怎麼了……？」

襲人哭道：「不知紫鵑姑奶奶說了什麼，那個呆子眼也直了，手腳也冷了，話也不說了，李嬷嬷掐著也不疼了，說是不中用了！說不定這會兒都死了！」

黛玉知道李嬷嬷見多識廣，她說不中用，就一定不中用了，便急得「哇」一聲吐出湯藥，大咳不止，喘得抬不起頭來。

紫鵑忙過來搥背，黛玉喘過氣來，推紫鵑道：「妳不用搥！妳拿繩子來勒死我算了！」

紫鵑哭道：「我沒有說什麼，只不過幾句玩笑話，他就認眞了。」

襲人道：「妳還不知道他那傻子，每每拿玩笑話就當眞了！」

黛玉道：「妳說了什麼話？趁早去解釋，只怕他就醒過來了。」紫鵑聽了，趕緊跟襲人去怡紅院。

誰知賈母、王夫人、薛姨媽，都已經在那兒了。賈母一見紫鵑，兩眼冒火，罵道：「妳這小蹄子，跟他說了什麼？」

寶玉一見紫鵑來了，「噯喲」一喊，哭出聲來。衆人見他出聲，這才放下心。賈母以爲紫鵑得罪了寶玉，便拉著她，叫寶玉打。寶玉竟一把拉住紫鵑，死也不放手，說：「要去連我也帶了去。」

衆人都不解是怎麼回事，細問起來，才知道是紫鵑說「要回蘇州去」一句玩笑話引出來的。賈母流淚道：「我當有什麼要緊大事呢？紫鵑也眞是的，平日挺聰明的，也知道寶玉有個呆根子，逗他作什麼呢？」

一會兒，太醫來了，看過寶玉之後，道：「這是急痛迷心，吃些藥就好，不礙事的。」

果眞，寶玉吃了藥便安靜些，但仍不肯放紫鵑走，只說：「她走了，便是要回蘇州去。」紫鵑於是留下，服侍了寶玉幾日，他便漸漸好起來。

寶玉清醒後，問紫鵑道：「妳爲什麼說那些話？」紫鵑道：「那些都是我編的玩笑話，林家其實沒什麼親戚了；縱使眞有人來接林姑娘，老太太一定也不會放的。」

寶玉道：「就算老太太放人，我也不依。」

紫鵑道：「你眞不依？只怕是嘴裡說說吧！你如今也大了，我聽老太太說，將來要讓你跟寶琴姑娘定親呢！要不然，怎麼這樣疼她？」

寶玉道：「妳眞是比我還傻！老太太不過是說玩笑話，寶琴早就許給梅家了。唉！妳們都不知道我的心，只願我現在立刻死了，把心迸出來，讓妳們瞧瞧！」說著，落下淚來。

紫鵑忙捂住寶玉的嘴，替他擦淚，又說：「你別這樣，我是心裡著急，故意試你的。你知道，我本來是你們賈家的丫鬟，後來給了林姑娘，偏偏她又和我極好，比她自己帶來的丫鬟還好，所以現在我心裡愁了，萬一她要回去，我跟不跟呢？這才編了那些話來試你，誰知你就傻鬧起來！」

寶玉笑道：「原來是這樣，所以妳是傻子！我只告訴妳一句話：活著，咱們一塊兒活著；不活著，咱們就一塊兒化成灰、化成烟！」

紫鵑聽了，心下暗暗有了主意，笑道：「你也好了吧？該放我回去瞧瞧我們那一個了。」

寶玉：「好了，我昨天也這麼想呢，卻又忘了，妳快回去吧！」

紫鵑回到瀟湘館，找了機會悄悄對黛玉說：「寶玉的心倒實，聽見咱們要走，就那樣起來。其實，難得大家是一塊兒長大的，都了解彼此的脾氣性情……」

黛玉道：「妳這幾天不夠累嗎？還囉嗦什麼？」

紫鵑笑道：「我是一片眞心爲姑娘。妳也無父母兄弟，誰是眞疼妳的？趁著老太太還健朗，快把大事定了要緊。哪個公子王孫不是三妻四妾，有了這個忘了那個的？若娘家有人有勢還好，若像姑娘這樣，有老太太在便好，若沒了老太太，也只憑人欺負了。所以說，早點拿主意要緊。」

黛玉聽了，只說：「這丫頭瘋了不成？我明兒把妳還給老太太，不敢要妳了。」

紫鵑笑道：「我說的是好話，不過叫妳心裡留神而已。」說著，就去睡了。

黛玉心裡其實是明白的，因此不禁傷感，又偷偷哭了一夜。

第十三回　湘雲眠芍・怡紅夜宴

這一天，寶玉的生日到了。一大早，就有不少親戚朋友，送來壽麵賀禮。只是今年並不像往年熱鬧，因爲朝中一位老太妃薨逝，賈母、王夫人等都去送靈，要一個月才回來。

不過，大觀園裡的姊妹們，如探春、湘雲、寶琴、岫烟、惜春等，都來到怡紅院裡向寶玉祝壽。不久，平兒也打扮得花枝招展的來了。襲人笑著對寶玉說：「她來給你拜了壽，現在該你給她拜壽了。」

薨：音ㄏㄨㄥ，封建時代稱天子死爲「崩」，諸侯、后妃死爲「薨」。

寶玉聽了，連忙作揖道：「原來今兒也是姊姊的芳誕。」

湘雲在旁，拉著寶琴、岫烟說：「你們四個人對拜壽，直拜一整天吧！」

原來，寶玉、寶琴、岫烟、平兒等四人，竟是同一天生的。大家於是到了園子裡，擺上筵席，一起飲酒同樂。

由於賈母和王夫人都不在家，沒有大人管束，眾姊妹們開心的划拳、行酒令，一群人呼三喝四、喊七叫八的，彷彿整座大觀園都給她們搖動了。

尤其那湘雲是個心性爽直的姑娘，喝酒特別痛快，沒一會兒便醉了。等到席散時，大家才發現她不見了。

大家趕緊分頭去找，結果被一個小丫頭找著了，回來笑嘻嘻的說：「姑娘們快瞧雲姑娘去！吃醉了，圖涼快，在山後頭的石凳上睡著了。」

衆人聽了，都笑道：「快別吵嚷。」躡手躡腳的都走過去看。

只見湘雲臥在山石僻靜的一張石凳上，睡得正香甜呢！四面芍藥花紛飛，落得她滿臉滿身，手中的扇子也掉在地上，被落花埋了一半，一群蜂兒蝶兒，熙熙攘攘的圍著湘雲，細細一看，她還枕著一包用手帕包起來的芍藥花瓣。

大家看了湘雲這樣子，又是愛，又是笑，忙過來推的推、叫的叫。湘雲口裡，卻還迷迷糊糊的說著酒令：「泉香酒洌……醉扶歸……」

衆人笑推她，說道：「快醒醒兒，吃飯去。這凳子上有潮氣，當心睡出病來了。」

湘雲微微睜開眼，看見眾姊妹，再低頭看看自己，才知道是醉了，便覺不好意思，於是趕緊掙扎著起身。探春拿了醒酒石給她含著，又喝些濃茶、酸湯，才覺得好了些。

到了晚上，襲人、晴雯等八個女孩兒，又悄悄在怡紅院裡預備了酒席，要私下給寶玉過生日。襲人還特別跟平兒要了一罈好紹興酒，藏了起來。

寶玉知道後，可樂極了，急著說：「關院門吧！」

襲人笑道：「怪不得人家說你『無事忙』！這麼早關門，反而讓人起疑，再等一等吧！」

到了掌燈時分，果然有幾個管事的婦人來巡，還進來叨唸了一回。終於等她們走了，晴雯立刻令人關門，擺上酒食、果子。

寶玉道：「天氣熱，咱們都把外頭的大衣裳脱下來吧！」

衆人笑道：「你要脱，你就脱吧，我們還要輪流安席呢！」

寶玉笑道：「這一安，就安到五更天啦！妳們知道我最怕這些俗套了，在外人面前是不得已，現在妳們就饒了我吧！」

衆人聽了，都說：「依你。」於是都卸了正妝，只穿寬鬆的衣服。

大家坐定後，便開始喝酒吃果，寶玉又說：「咱們來玩占花名兒吧！」襲人等因此想找寶釵、黛玉也來湊熱鬧，後來又多請了探春、李紈和香菱。

安席：舊時宴席開始後，主人對賓客敬酒、行禮的一套禮節。

黛玉到時，寶玉忙說：「林妹妹怕冷，到這邊靠板壁坐。」又拿個靠背給她墊上。

黛玉靠著靠背，笑著對寶釵、李紈、探春說：「妳們平日都說別人夜聚飲酒，今兒我們自己也如此，以後怎麼說人？」

李紈笑道：「這有何妨。一年之中，不過生日節間如此，又沒有夜夜如此，不用怕！」

大家於是斟上酒，喝了起來。晴雯拿來一個竹雕的籤筒，裡面裝著象牙籤子，每支籤上都有一種花，還有一句詩，和一段注解的文字。

每個人輪流抽籤，寶釵抽到牡丹，黛玉抽到芙蓉，探春抽到杏花，李紈抽到梅花，湘雲抽到海棠。其中探春抽到的籤，最被大家取樂，因爲她的籤上注著：「得此籤者，必得貴婿，大家恭賀一杯，共同飲一杯。」大家看了，都來敬她，她卻不肯喝，但被湘雲、香菱、李紈等硬灌了一杯！

姊妹們吃喝玩樂的，哪裡顧得了時間，直到薛姨媽打發人來探問時，大家才發現鐘都打過十一下了。

黛玉便起身說：「我可是撐不住了，回去還要吃藥呢！」襲人、寶玉等還想留人。

李紈、寶釵等都說：「夜太深了不好，這已經破例了。」

襲人便請大家再飲一杯酒，然後命人點燈，送眾姊妹出去了。

客人走後，寶玉和襲人、晴雯等八個女孩兒，把門關上，又行起酒令來。此時，襲人另外斟了些酒，拿了些果菜，給在旁邊打雜的老嬷嬷們吃。

大家都有了三分酒意，便又猜拳、唱曲，著實狂歡一番。直到四更天時，突然發現酒罈已經空了！原來老嬷嬷們知酒香醇，一面明喝，一面暗偷，一罈酒就這麼都喝光了。衆人雖覺得奇怪，也沒細察，便一個個東倒西歪的睡著了。

第二天一早醒來，人人想起昨晚兒之事，都不禁互相取笑。寶玉起來梳洗後，忽然一眼看見桌上硯台下壓著一張紙，便問道：「這是什麼？」

晴雯拿起來一看，竟是妙玉送來的一張粉箋，上頭寫著「檻外人妙玉恭肅遙叩芳辰」。寶玉一看，跳了起來，問道：「這是誰接下的？也不告訴我。」

丫頭四兒飛跑進來，笑說：「昨天妙玉並沒有親自

箋：泛稱信札。

來，只打發一個嬤嬤送來。我就擱在那裡，誰知一喝酒就忘了。」

衆人聽了，只說：「這也不值得大驚小怪。」

寶玉卻急忙道：「快拿紙來。」可是，拿了紙筆，寶玉卻不曉得該怎麼回信才好。

想了半天，仍沒主意，本打算去問寶釵，又怕她批評怪誕，便決定去問黛玉。出了怡紅院，在路上碰見邢岫烟，寶玉問：「姊姊去哪兒？」

岫烟笑道：「我找妙玉說話去。」

寶玉大感詫異，說道：「她為人孤癖，不把平常人放在眼裡，卻能看重姊姊，可見姊姊不是像我們一般的俗人。」

岫烟笑道：「她也未必看得起我，只是我和她做過十年的鄰居。當年她在蟠香寺修行，我家貧寒，借她廟裡的房子住，住了十年。平常無事常去廟裡跟她作伴，她便教我認字。」

寶玉聽了，恍然大悟，笑道：「難怪姊姊的舉止言談如此超然脫俗，原來是得自妙玉。今天我正因爲她的一件事而煩惱呢，現在遇到姊姊，眞是天緣巧合，請姊姊指教。」

岫烟看了妙玉給寶玉的帖子，笑道：「她還是這樣怪誕，竟加上『檻外人』的別號。」

寶玉笑道：「她本來就是個不凡的人，是還算看得起我，才特別這樣寫，我就是不知該怎麼回呢？」

岫烟仔細打量著寶玉，笑道：「也難怪她這樣子對你，我告訴你吧，她認爲自古至今只有兩句詩是好的，

「縱有千年……土饅頭」：宋代范成大所寫的詩句，意思是縱然有千年不壞的鐵門欄，也擋不住死亡的來臨。土饅頭，比喻墳墓。

熏沐：用香料的煙來烘身體，就像沐浴一般，表示清潔的意思。

那就是：『縱有千年鐵門檻，終須一個土饅頭。』所以她自稱『檻外之人』，表示她不在那鐵檻之內。現在，你就稱自己是『檻內人』，便合她的心了。」

寶玉聽了，說：「難怪我們的家廟叫『鐵檻寺』。謝謝姊姊。」說著，寶玉便回房寫下了「檻內人寶玉熏沐謹拜」幾字，親自送到櫳翠庵，但只隔著門縫投進去，便回來了。

第十四回　三姐自刎・鳳姐迫尤

話説寧國府裡最年長的本是賈敬，但因他沈迷於道士的煉丹之術，一直長住在玄眞觀裡，所以寧府中主事之人便是他的兒子賈珍。

這一日，賈珍因事到外地去了，玄眞觀忽然傳來賈敬過世的消息，據説是因吃了新煉製的丹砂之故。賈珍之妻尤氏，只好慌忙的辦理後事，榮府中的賈璉，也過來幫忙。

尤氏因爲留在鐵檻寺處理公公的後事，不便回家，就把她的繼母尤老娘接來，在寧府看家。尤老娘還有兩個未出嫁的女兒——尤二姐和尤三姐，也一起跟來。

這尤氏姊妹都長得美豔動人，賈璉看了不覺心動，便找機會向她二人表示。尤二姐似乎也對賈璉有意，但尤三姐卻是冷淡相對。

賈珍之子賈蓉發現之後，便對賈璉說：「叔叔既然喜歡我二姨，我給叔叔作媒，讓她做你的二房吧！」

賈璉道：「你當眞嗎？只怕你嬸嬸不答應，也怕尤老娘不願意。」

賈蓉道：「給叔叔這樣的人做二房，我保證尤老娘願意，只是嬸子那關恐怕難過。」

賈璉想到要娶尤二姐，心花都開了，根本忘記他的老婆熙鳳是多麼潑辣刁鑽，因此只是一味呆笑。

賈蓉又說：「叔叔若有膽量，我倒是有辦法，只是需多花上幾個錢。」

賈璉忙問：「什麼辦法？快說！」

賈蓉道：「咱們悄悄的在家附近買一所房子，添些家具，再派幾個丫頭、小廝進去，便可選個日子，趁人不注意時，把二姨娶了過去。只要我們吩咐別走漏風聲，嬸子在裡面住著，深宅大院的，哪裡會知道？況且嬸子只生了個女兒，叔叔就說是爲了子嗣，才私自在外又娶，到時候去求一求老太太，就沒事兒了。」

賈璉聽了這番話，也以爲是萬全之計，便立刻答應了。於是，顧不得寧府正在辦喪事，自己也是有孝在身的人，便偷偷娶進了尤二姐。

尤二姐人長得美，心地也和善，賈璉因此十分喜愛她，甚至命下人不得稱她「二奶奶」，只稱「奶奶」，竟將鳳姐置之腦後、一筆勾銷了。

賈璉娶了尤二姐之後，尤老娘、尤三姐也跟著他們一塊兒住。賈璉不僅每月給她們銀子花用，還把自己的私房錢全帶過來，交給二姐收著。這樣子的一家人，日子也過得頗為豐足。

只是尤三姐也是個美人胚子，又還未出嫁，不少人對她有意，其中不乏賈家的人。尤二姐因此很替妹妹擔心，便找賈璉商量，想替她找個婆家。

誰知尤三姐可不似她姊姊那樣柔順，她心中早已有了意中人，並發誓非此人不嫁。這意中人名喚柳湘蓮，是五年前尤老娘過生日時，請來客串唱戲的一位青年。

賈璉知道後，道：「原來是他，我和寶玉都認得他。果然眼光不錯，他是個標緻的人，只是冷面冷心，無情無義了一點。去年他打了薛蟠一頓，便不好意思見我們，也不知道跑到哪兒去了。如果他幾年不回來，妹妹不是耽擱了。」

尤二姐道：「我們三丫頭說的到，做的到，也只好依她了。」

湊巧的是，不久賈璉到外地辦事，竟然就碰上了柳湘蓮。於是，他便聊起自己娶了尤二姐，正想爲姨妹找個婆家，又說柳湘蓮是最適合的人選。

柳湘蓮道：「我本意要找一個絕色女子，如今既然你如此說，便聽你裁奪了。」

賈璉道：「等柳兄一見，就知我這內娣的品貌，是古今少有的了。」

裁奪：審查事情，決定可否。

內娣：妻子的妹妹。

於是，柳湘蓮將他的傳家之寶——鴛鴦劍，交給賈璉，當做給尤三姐的定禮，約定回京時再相見。賈璉回去後，把鴛鴦劍給了尤三姐。三姐一看，原來是兩把劍合體的，一把上面鏨著「鴛」字，另一把上面鏨著「鴦」字。三姐歡喜的收了劍，掛在房裡，天天看著發笑，想自己終身有靠了。

過了好一陣子，柳湘蓮才進京。他先去找寶玉，兩人見面暢談了一番。湘蓮提起尤三姐之事，寶玉立刻向他道賀：「大喜！大喜！難得是個古今絕色的美人兒，正好與你相配。」

湘蓮道：「你怎麼知道她是個絕色？」

寶玉道：「她們曾在寧府裡住過一個月，我怎麼不知道。」

湘蓮一聽，便認為尤三姐一定跟寧府的人有過曖昧關係，而後悔答應這門親事。他卻不知三姐是個性情剛烈，自有主見的人，早在五年前就暗下決心要嫁給他了。

湘蓮於是來到賈璉的新房，見過賈璉和尤老娘後，便說：「前次與你相遇時，不知家中已經先為我訂了親，因此才答應你，將鴛鴦劍做為定禮。此劍乃是祖父的遺物，所以只得請你賜回。」

賈璉聽了，不願答應，湘蓮便說：「我們到外面去談吧，這裡不方便。」

尤三姐在房裡全聽見了，心想柳湘蓮必是嫌棄她，才會反悔，便取下鴛鴦劍，抽出雌劍，藏在右手袖中。三姐走出房門，說道：「還你定禮。」左手將劍鞘交給湘蓮，右手便往頸上一橫——

衆人嚇得大哭，卻已救不回尤三姐。柳湘蓮至此才知道三姐是這樣標緻，又這樣剛烈，但後悔已無用，他爲三姐痛哭一場，竟就此削髮出家去了。

尤老娘、二姐固然傷心，但日子也只能過下去。沒想到，不久之後，鳳姐那兒竟然知道了賈璉偷娶尤二姐的事。

鳳姐最初聽到風聲時，自然是極爲震怒，把那些伺候尤二姐的下人叫來，狠狠責罰了一頓。但是，她並沒有立刻找賈璉興師問罪，反而裝作不知道。

後來，賈璉又出遠門辦事去了，要幾個月才回來。鳳姐等賈璉前腳一走，便叫人整理出三個房間，而且照自己的正室一樣裝飾擺設。一切佈置好之後，鳳姐就帶

尤三姐自視甚高，心中對柳湘蓮早有愛慕之意，柳贈信物定婚，後因誤會而想取消婚事，尤三姐當面自刎。

著平兒等，到尤二姐住處來。

二姐一見，雖然心驚，但忙以禮相待，開口便說：「姊姊下降，不曾遠接，還望恕罪。」

鳳姐也忙還禮，並說：「奴家以往勸二爺要愼重，不可在外拈花惹草，是怕父母擔心，誰知二爺會錯了意，如今娶姊姊做二房是件大事，怎麼竟瞞著我？難道以爲我是嫉妒之婦？還求姊姊體諒奴心，搬來家中同住，妳我相處，情同姊妹，好讓人知道他們誤會了我。這樣，姊姊可就是我的大恩人了。」鳳姐說完，便嗚嗚咽咽哭了起來。

尤二姐見了，也不免落淚。兩人互相行過了禮，便依序坐下。此時，平兒要上來行禮，尤二姐看她舉止不俗，知道她必定是平兒，想想她其實也是賈璉的妾，便

奴家：舊時女子自謙的稱呼。

連忙挽住平兒，說道：「妹子快別這樣，妳我是一樣的人。」

鳳姐笑說：「她原是咱們的丫頭，妹子可別這樣，只管受禮吧！」說著，又命人拿了布匹、金簪，送給尤二姐。

尤二姐見鳳姐如此善待，不疑有他，便眞的答應搬進賈府。然而，她住進去後，鳳姐卻想法子把她原有的丫頭退出去，只叫自己的一個丫頭善姐來服侍她。

過了幾日，這善姐便漸漸顯得惡形惡狀，連送飯也不定時，還拿剩菜給尤二姐吃。鳳姐隔個七、八日才來一次，卻是和顏悅色的說：「如果下人不聽使喚，只管告訴我，我打他們。」

二姐心性柔順，反替下人遮掩。自己就這樣忍氣吞聲，默默承受著。

終於，賈璉自外地回來了。但誰也沒有想到，他因爲這趟出去辦事辦得很好，回來之後，父親賈赦十分高興，竟把自己一個叫秋桐的丫頭，賞給賈璉作妾。

鳳姐見一刺未除，又多一刺，心中自然不快，但仍裝出一副賢慧模樣，好聲好氣的擺酒席給賈璉接風。賈璉先覺得納悶，但後來也欣然接受。況且他又有了新的妾，便無心過問尤二姐之事。

尤二姐原本已受丫頭的氣，這新來的秋桐更加欺負她，甚至人前人後的說她壞話。鳳姐便藉機對尤二姐說道：「沒想到秋桐把妹妹的名聲說得很不好聽，連老太太、太太們都知道了。我聽見這件事，都氣病了。」

從此，鳳姐只裝病，就不再理尤二姐。二姐每日吃的飯菜，都是人家剩下的。平兒看不過去，自己拿出錢做菜給她吃。這事被秋桐知道後，一狀告到鳳姐那兒，平兒便挨了鳳姐的罵，也只好疏遠二姐。

可憐的尤二姐不堪折磨，不久便病倒了，而此時她已懷有身孕，只得哭著告訴賈璉。第二天，賈璉立刻請來大夫，但誰知卻是個庸醫，二姐吃下藥後，腹痛不止，竟然流產了！

尤二姐至此覺得了無生趣，便趁夜裡偷偷吞下一塊金子，自殺而死。

賈璉知道後，痛哭不已，決定好好安葬尤二姐，於是便找鳳姐拿銀子。鳳姐只說：「什麼銀子？家裡近來艱難，你還不知道？這兒有二、三十兩銀子，你要就拿去。」說完便走開了。

賈璉心中極恨，卻無話可說，想到曾給過尤二姐一些私房錢，便去開箱櫃。開了箱櫃，才發現一滴不存，只有幾件尤二姐的舊衣服。賈璉不禁又傷心的哭了。

後來，還是平兒偷偷拿了二百兩銀子，交給賈璉。賈璉收下銀子，又將一條裙子遞給平兒，道：「這是她平常穿的，妳好好替我收著，留個紀念吧！」平兒只得收起來。

鳳姐又想法子到老太太面前說了些話，使得尤二姐死了也不能停進家廟鐵檻寺。於是，賈璉只能將尤二姐跟尤三姐葬在一處了。

第十五回　查園整婢・晴雯被逐

一天，邢夫人來到大觀園裡找人，迎面看見一個小丫頭笑嘻嘻的走來。這小丫頭長的體肥大腳，在賈母房裡專作提水桶、掃院子的粗活，名字叫「傻大姐」。

這傻大姐今天在園子裡撿到了一個香囊，香囊上繡著的不是常見的花鳥，卻是兩個沒穿衣服的人。傻大姐看不懂爲什麼繡這個，只覺得好笑，便一面走一面看，差點兒撞上迎面走來的邢夫人。

邢夫人叫傻大姐把手上的東西給她瞧瞧，這一看，可把她嚇壞了，忙問：「妳是哪兒得來的？」

傻大姐說：「在山石邊撿的。」

邢夫人道：「這可不是好東西！絕不可把這事告訴別人，不然連你也要打死！」

傻大姐嚇得忙說：「再也不敢了！」

邢夫人便悄悄的把香囊收起來，告訴王夫人去了。

王夫人知道後，又氣又急，便去找鳳姐。一到那兒，先叫平兒等丫頭出去，就把香囊扔給鳳姐，鳳姐看了，嚇的忙問：「太太從哪裡得來？」

王夫人滴著眼淚說：「妳還問我？這樣的東西，竟明擺在園子裡的山石上，被傻大姐撿了去，多虧妳婆婆遇上，攔了下來。我問妳，這東西怎麼會掉在那兒？」

鳳姐問：「太太怎知是我的？」

王夫人又哭又嘆，道：「不是璉兒那不長進的孩子帶進來的，還會有誰？」

鳳姐聽了，又急又愧，含淚跪下說：「太太說的固然有理，但也請想想：我縱使有這類東西，也不會帶到外面去；大觀園裡這麼多侍妾、丫頭來來往往，難保不是她們掉的。」

王夫人想想，也是有理，說道：「妳起來，我也知道妳是大戶人家小姐出身，不至於如此。但是，這件事可怎麼辦才好？」

鳳姐道：「太太先別生氣，還是趕緊暗暗察訪一下吧！周瑞和旺兒等幾個人的媳婦，都是能守得住話的人，不如讓她們進去查查。還有，園子裡姑娘也太多了，以後凡是年紀大些的，愛鬥嘴的，就想辦法發配出去，找個人讓她嫁了，一來不至於留在園裡惹事，二來也可以省些用人的花費。」

王夫人於是吩咐叫那幾個婦人進來，叫她們去查園子。這時，邢夫人的陪房王善保媳婦正好過來，聽說了這事，便說：「園子裡那些丫頭，眞是該整頓一下。太太不常到園裡去，不知道她們一個個都神氣的像千金小姐似的。尤其是寶玉房裡的晴雯，仗著她比別人標緻，又生了一張巧嘴，誰不順她的心，就立刻罵人，大不成體統。」

王夫人一聽，忽然想起上次跟老太太進園逛時，好像就看到這麼一個女孩子，正在罵小丫頭。於是，便命人把晴雯叫來。

晴雯正好身體不舒服，才睡了午覺起來，聽說王夫

陪房：舊時富貴人家的女子出嫁時，從娘家帶去夫家的僕人。

人找她，也沒怎麼打扮便去了。王夫人一見，果然是她上次看見的女孩，又見晴雯衣衫不整，一副嬌弱生病之態，不覺怒上心來，冷笑道：「好個美人！看妳這輕狂的樣子！——寶玉今天怎麼樣？」

晴雯一聽，知道一定有人陷害她，便小心謹慎的說：「這要問襲人、麝月，我不大到寶玉房裡去，所以不知道。」

王夫人道：「那還要妳做什麼？」

晴雯道：「我原來是跟老太太的，只因老太太說園子大，人少，寶玉害怕，所以撥我過去，不過是看屋子而已。」

王夫人道：「阿彌陀佛！妳不靠近寶玉才好。快出去吧！我可看不上妳這樣花紅柳綠的妝扮，改天再來處置妳。」晴雯只得出去，氣得一路哭回怡紅院。

這邊，王夫人又命鳳姐帶著周瑞媳婦等人，進去查園。首先，就到怡紅院。

寶玉原本見晴雯哭著回來，就覺奇怪，現在又看鳳姐帶人去查丫頭的房間，便出來問道：「怎麼回事？」

鳳姐道：「丟了一件要緊的東西，恐怕有丫頭們偷了，所以查一查。」說完，就叫丫頭自己打開箱子、匣子，讓她們檢查。

到了晴雯的箱子前，只見她衝了過來，兩手抓起箱子，「嘩啦」一聲，把所有東西倒在地上。王善保媳婦看了一看，卻也沒發現什麼不妥的東西。

鳳姐問大家可查到什麼，衆媳婦都說：「只發現幾樣男孩子用的東西，應該是寶玉的舊物。」

鳳姐笑道：「既然如此，咱們走吧！」

出來後，鳳姐向王善保媳婦說：「我有句話說：要抄檢只抄檢咱們家的人，這薛大姑娘屋裡，萬萬抄檢不得。」

王善保媳婦笑道：「這個自然，豈有抄檢親戚家的道理。」

於是，來到瀟湘館。黛玉本已睡下，聽得人來，正要起床，鳳姐忙按住她，只說：「睡吧，我們一會兒就走。」一面跟黛玉閒聊。

這邊在紫鵑房裡，抄出了寶玉以前用過的扇子、披帶等物，鳳姐笑道：「他們從小一起玩，這也沒什麼了不得的。」說著，便離開瀟湘館，往探春院裡去。

探春早已得知消息，猜其中必有原因，才會引出這種抄園的醜事，便命丫頭們點起蠟燭，開門等候。鳳姐等人一到，探春便問：「是何事？」

鳳姐道：「因為丟了件東西，連日訪察不出人來，恐怕別人賴起園子裡的女孩兒們，所以乾脆大家都搜一搜，可免得別人懷疑她們。」

探春冷笑道：「我們的丫頭，自然都是些賊，我就是第一個窩主，先來搜我的箱櫃吧，她們偷來的東西，都交給我藏著呢！」說著，命丫頭們把她的所有箱子、櫃子、盒子、包袱等，全部打開。

鳳姐陪笑說：「我不過是奉太太的命而來，妹妹別怪我。」便叫丫鬟快快都關上，平兒等人也趕緊幫忙收拾。

探春道：「我的東西，倒許你們搜；要想搜我的丫頭，這卻不能！我原比別人歹毒，凡丫頭的所有東西，我都知道；一針一線，她們也沒處藏。你們若不依我，儘管去告訴太太，看太太怎麼處治，我去領受。——像我們這樣的大族人家，若是別人從外頭殺來，一時是殺不死的；現在卻好好的自己抄家，這樣自殺自滅，才能一敗塗地。」說著，流下淚來。

鳳姐不說話，只看著衆媳婦。周瑞媳婦便說：「既然女孩們的東西全在這裡，奶奶請到別處去吧，也讓姑娘好安寢。」鳳姐便起身告辭。

探春道：「你們可都搜清楚了，若明天再來，我可不依了。」

鳳姐笑道：「既然丫頭的東西都在這兒，也就不必搜了。」

探春冷笑道：「妳果然倒乖！連我的包袱都已經打開了，還說沒翻。明日倒要說我護著丫頭，不許你們來翻了。」

鳳姐知道探春的意思，只得陪笑道：「我已經連妳的東西都搜明白了。」

探春又問眾人：「你們也都搜明白了嗎？」

眾媳婦只得陪笑道：「都搜明白了。」

那王善保媳婦雖曾聽說探春精明能幹，但只以爲眾人是沒膽量才怕她；而且又想：探春是趙姨娘的女兒，並非王夫人所生，有什麼好怕？便笑嘻嘻的走上前去，拉起探春的衣襟道：「連姑娘身上，我也翻明白了。」

探春大怒，「拍」的打了她一巴掌，罵道：「妳是什麼東西，敢來拉扯我的衣服！」

鳳姐、平兒等忙上來勸解、安撫，叫王善保媳婦出去。衆人勸了好半天，直到服侍探春睡下了，鳳姐才帶人離開。

到了李紈的住處，一一搜過丫鬟的房間，也沒什麼。又到惜春房裡，竟在丫鬟入畫的箱子裡，搜出一大包銀子，還有男人的靴襪等物。

入畫哭著跪下說：「這是珍大爺賞給我哥哥的，因爲哥哥住在叔叔家，怕叔嬸拿去吃酒賭錢，所以交給我收著。」

惜春原是賈珍的妹妹，但從小便過來榮府跟著賈母住。她是個廉介孤僻的女孩，前陣子聽說寧府做了些不名譽的事，便已經覺得羞愧。現在，從寧府帶來的丫鬟又做出這種事，更令她覺得丟了面子。第二天，惜春便

廉介：廉，不貪；介，剛直。

把入畫退還給賈珍和尤氏。

鳳姐等人查過惜春處，又到迎春房裡。迎春性情柔弱，跟賈璉是同父異母的兄妹，但都是賈赦跟前妻所生，邢夫人並沒有生兒育女。

迎春的丫鬟有個名叫司棋的，是王善保媳婦的外孫女，搜到她的箱子時，王善保媳婦只看一看便說：「也沒什麼東西。」

周瑞媳婦卻說：「且慢！」拉出一套男人的鞋襪，還有一封信。這是司棋的表弟所寫，竟是私約她會面，又說已經收到她所贈的兩個香袋。

王善保媳婦又氣又羞，只好自己打自己的嘴巴，罵道：「眞是造孽。」衆人在旁又勸又笑。

鳳姐心裡也是幸災樂禍，但因爲夜已深了，不便處

大觀園裏的姑娘衆多，鳳姐帶著兩名老婦查園，決心整頓奴婢，結果司祺被逐，晴雯遭人陷害，出了大觀園不久便去世了。

理這事，只叫人把司棋看好，就打發衆人回去了。

誰知第二天鳳姐卻病倒了。再加上過幾天就是中秋節，賈府裡忙著過節，便把查園整頓這事，暫且放到一邊去了。

只是王夫人仍然掛念此事，一等節過了，鳳姐也好些，便立刻叫周瑞媳婦去辦事。第一個遭殃的，當然是司棋。本來她還指望迎春救救她，迎春卻不敢作主，因此她只能含淚而去。

出去的路上，正巧碰到寶玉，寶玉傷心不已，含淚跟司棋話別。周瑞媳婦在旁卻看得不耐煩，急著把司棋趕出去了。寶玉氣得罵道：「奇怪！奇怪！怎麼這些女子一嫁了男人，就變成這樣？比男人還可惡！」

這時，只見幾個婆子過來，說道：「太太親自來園裡查人了，還叫晴雯姑娘的哥嫂來，把她領出去。」

寶玉聽了，一溜烟跑回怡紅院。到了的時候，只見王夫人一臉怒色的坐在屋裡，見了寶玉也不理。

王夫人仔細的看過每個丫頭，凡是平常最愛跟寶玉說笑的幾個，全被王夫人一一駡過，趕了出去。那晴雯因爲生病加上受氣，已經好幾天吃不下飯，現在更是氣息懨懨，還是被兩個女人從牀上拉起，架了出去的。寶玉眼看著晴雯、芳官、四兒都被趕走，心裡急得不得了，卻又不敢說話。

王夫人回去前，還對寶玉道：「好好念書去，小心明天老爺問你！」

寶玉見王夫人走了，難過的躺在牀上哭。襲人來勸他，寶玉便說：「太太怎麼知道晴雯她們跟我開玩笑的事？一定有人走漏了風聲！」

襲人覺得寶玉是在懷疑她，便說：「天知道呢！現在也查不出人來了，哭也無益。不如等過個一陣子，向老太太說說情，再把晴雯找回來吧！」

寶玉冷笑道：「妳又不是不知道她的性格，何況現在一身重病，又一肚子怨氣，回到她表哥表嫂那兒，也沒好日子過，誰知道我能不能再看到她？」說著，更加傷心。襲人只得又勸慰一番。

到了晚上，寶玉忍不住偷偷溜出去，趕到晴雯家去看她。進了屋裡，不見她兄嫂，只有晴雯一個人獨自躺在牀上。寶玉含淚走過去，伸手輕輕拉她，低低喚了她兩聲。

晴雯白天已咳了一整日，剛剛朦朧入睡。忽聽有人叫她，勉強一睜眼，見是寶玉，又驚又喜，又悲又痛，一把緊緊抓住寶玉，哽咽了半天，才說：「我以爲再也看不到你了。」說著，又咳個不停。

寶玉也是哽咽得說不出話。

晴雯道：「你來得也好，倒碗茶給我喝吧！渴了半天，也叫不到人來。」

寶玉急忙去拿碗，只見碗髒、茶苦，晴雯卻一口氣喝乾了。寶玉看得心酸，流淚問道：「妳有什麼想要說的，趁現在沒人，告訴我。」

晴雯嗚咽道：「有什麼可說的！只不過是挨一天算一天了。只是有一件，我死也不甘心：我雖然長得比別人略爲好看些，可也沒做壞事，憑什麼以爲我是個狐狸精！我今兒擔了虛名，早知如此，我當日……」

寶玉拉著晴雯的手，只覺得骨瘦如柴，哽咽著說：「妳好不容易留長了指甲，這一病，就要受損些了。」

晴雯把手上兩根蔥管似的指甲咬下，交給寶玉；又把身上穿的紅襖脫下來給寶玉。寶玉便把自己的襖兒脫下給晴雯披著，然後穿上晴雯的襖兒，並且藏好指甲。

晴雯又哭道：「回去吧！你今日這一來，我就死了，也不枉擔了虛名。」

這時，晴雯的嫂子回來了，柳五兒母女替襲人送錢和衣物來，寶玉只得匆匆離去。

第十六回　迎春誤嫁・香菱受屈

寶玉去看過晴雯之後，回來發了一晚上的呆。襲人催他睡覺，他也只躺著，翻來覆去，長吁短嘆。直到三更以後，才漸漸睡著。

半夜裡，寶玉忽見晴雯走來，仍是往日的模樣，笑道：「你們好好過日子吧，我就此別過了。」

寶玉哭著醒來，說道：「晴雯死了。」

襲人道：「這是什麼話！你別胡鬧。」

寶玉只恨不得趕快天亮，好派人去問信。誰知天一亮，就有人急急忙忙來傳話，叫寶玉立刻梳洗穿衣，老爺要帶他出門。寶玉無奈，只得趕緊過去。

大半日之後，寶玉才回到園中，立刻找來兩個小丫頭，問道：「我不在時，妳們襲人姊姊有沒有打發人去瞧晴雯姊姊？」

一個小丫頭機伶的說：「我自己偷偷去看了。晴雯姊姊問我：『寶玉哪兒去了？』我便告訴她。她嘆了一口氣說：『見不到他了。』我就叫晴雯姊姊要撐著點，等見你一面。她笑道：『妳們還不知道，我不是死，是玉皇命我去天上當花神。這是天上神仙來召請，必要準時去，不能耽擱時間的。』晴雯姊姊便在未正二刻時咽了氣。」

寶玉忙問道：「她有沒有告訴妳，是去做總花神，還是專管一種花的神？」

小丫頭聽了，差點兒答不出來，忽見園中芙蓉花正開，便說：「晴雯姊姊說她是專管芙蓉花的，又說：『這事只可告訴寶玉一人。』」

寶玉聽了這些話，不但不覺得奇怪，反而去悲而生喜，指著芙蓉笑道：「此花就得這樣一個人去管。」又想：「她臨終前我沒見到，現在且去靈前一拜。」

寶玉換了衣裳，趕去晴雯家。沒想到，她兄嫂已經將她送去火化了。寶玉撲了個空，只得回去。

回到園裡，寶玉順路去找黛玉，丫鬟說她到寶釵那兒去了。寶玉於是又到蘅蕪院，卻發現寂靜無人，房裡搬得空空的。寶玉大吃一驚，忙找了個婆子來問。

原來，從上回鳳姐查園之後，寶釵便搬出蘅蕪院，去跟母親同住。衆人問她爲何搬走，寶釵只說母親近來身體不好，需人陪伴；哥哥又準備娶嫂子了，家裡有許多事要幫忙料理。

寶玉一時感觸良多：晴雯死了，司棋、芳官等丫頭走了，寶釵搬到園外，迎春姊姊聽說又要嫁了，大約這園中之人不久都要散了。寶玉深感悲戚，垂頭喪氣的回到怡紅院。

到了晚上，寶玉忽然想起：「晴雯既作了芙蓉花神，何不在芙蓉花前祭她？」

寶玉於是寫了一篇誄文，又準備了四樣晴雯喜歡的東西，叫來那小丫頭，捧到芙蓉花前。月夜之下，寶玉行禮後，便哀哀唸起誄文。他卻不知，花影之後，有一人正細細聽著。

誄：敘述死者生前德行，表達生者哀思之意的文章。

寶玉祭完晴雯之後，忽聽得花影中有人聲，嚇了一跳。一看，原來是黛玉，她滿面含笑，說道：「好新奇的祭文。」

寶玉不禁臉紅，笑道：「我想世上那些祭文都太通俗了，所以改個新樣，誰知又被妳聽見了。有什麼不妥的地方，妳何不幫我改一改？」

兩人於是對文中的字句，討論了一會兒。黛玉忽然想到迎春之事，便說：「你二姊已經有人家求准了，明天那家人會來，聽說叫你們也去看看呢！」寶玉聽了，悶悶不樂。

第二天，寶玉只得過去賈赦那邊。原來，迎春所許之人叫孫紹祖。孫家早年爲了攀附賈府的勢力，所以結爲世交，但他們並非詩禮之家，不過家境富裕而已。

賈母對迎春的婚事並不滿意，賈政也不喜歡孫家，但賈赦是迎春的親生父親，他不聽別人勸告，仍將迎春許給孫紹祖。

沒過多久，孫家便急急忙忙把迎春娶了過去。寶玉少了一個姊姊，心中悵然若失。

一天，迎春的奶娘來到賈府，告訴王夫人說：「姑娘常在背地裡掉眼淚，想回家來住兩天。」王夫人一聽，忙叫人接迎春回來。

迎春回到賈府，哭哭啼啼訴說了一番，大家才知道，孫紹祖竟是個好色、好賭，又酗酒的惡人。而且，賈赦曾收了孫家五千兩銀子，讓孫紹祖覺得迎春是被賣給他的。

王夫人和眾姐妹們聽了，個個落淚。迎春哭道：

「我不信我的命就這麼不好！從小沒了娘，幸而過來嬸子這邊，過了幾年心淨日子；如今，偏是這麼個結果！」

王夫人一面勸解，一面問她想住哪裡。迎春道：「我總是思念姊妹們，也記掛著我的屋子，就讓我回園裡的屋子住個三、五天，就是死了也甘心！——以後，還不知能不能再住呢！」

王夫人忙勸道：「快別說這些喪氣話。」便命人趕快替迎春收拾屋子，又吩咐寶玉道：「不許在老太太面前走漏一點風聲。」寶玉只得聽命。

迎春在大觀園裡一連住了三天，仍只得悲傷不捨的與姊妹們分離。又到邢夫人處住了兩日，邢夫人卻不過敷衍一下，並不關心。之後，孫家派人來接，迎春雖不願意，但懼怕孫紹祖，只得勉強回去。

話說，並非只有迎春遇到惡夫，香菱更遇到惡婦。原來薛姨媽一家人都爲薛蟠娶妻而高興，香菱更覺得她這個作妾的責任，可以被分去了，誰知這娶進門的夏金桂竟是個悍婦。

夏金桂原是富家千金，從小父親便去世了，她又沒有其他兄弟姊妹，因此獨受母親溺愛，便養成了驕縱的個性。嫁入薛家後，覺得自己要有威風，不僅管束薛蟠，有時也壓制寶釵。至於香菱，則被金桂視爲眼中釘，總想辦法欺負她。

一天，金桂裝病，說她心口疼，四肢不能轉動。請了大夫來看，當然是沒有效，便說是被香菱氣的。裝了兩天病，金桂忽然又說，她的枕頭裡發現一個紙人，上頭寫著她的生日，還釘著五根針。

眾人見金桂被人施法術陷害，趕緊跑去報告。薛蟠得知，立刻就說要拷打眾人，看看是誰幹的。金桂冷笑說：「誰會承認呢？算了吧！反正我死了也沒什麼要緊，樂得再娶好的。我早知道你們嫌我！」金桂邊說邊哭，言下之意就認爲是香菱害她。

薛蟠只被這話激怒，順手抓起一根門閂，就找來香菱，劈頭劈臉的打下去。

薛姨媽跑來喝止，道：「不問明白，你就打起人來了！這丫頭服侍你這幾年，哪一點不周到，不盡心？她豈會做那沒良心的事！你也不問個青紅皂白，就這樣動粗？」

金桂聽她婆婆這樣說，怕薛蟠信了，就嚎啕大哭起來，更加挑撥離間、發潑罵人。薛姨媽氣得不得了，竟叫人把香菱帶去賣掉算了，免得鬧得家裡雞犬不寧。

寶釵過來勸薛姨媽：「咱們家從來只是買人，沒聽說賣人的，媽可是氣糊塗了？要是被別人聽見，豈不是笑話？哥哥、嫂子嫌香菱不好，就給我使喚吧！」

香菱也跑來薛姨媽面前痛哭哀求，說不願出去，願意跟著姑娘。薛姨媽只得答應了。

自此以後，香菱便跟著寶釵。但因她本來就體質怯弱，再受了這些折磨後，更是面色憔悴，日漸消瘦。

第十七回　重讀舊書・噩夢驚魂

一日，賈政和王夫人談起寶玉讀書的事。前幾年，因賈政在外地做官，寶玉便荒廢了功課，現在，賈政回來，自然希望他好好讀書。

第二天，賈政便把寶玉叫來，道：「我看你最近越來越閒散了，而且總是推說生病，不肯念書。現在你也大了，還天天在園子裡跟姊妹們玩笑，甚至跟丫頭們胡鬧，把正經事都丟在腦後。就算你會做幾句詩詞，也並不怎麼樣。參加考試是以文章爲主，這方面你卻沒有一點工夫。從今天起，不許做詩了。就專學寫八股文章。限你一年，若毫無長進，你也不用念書了，我也不願有你這樣的兒子。」

寶玉聽了，無言以對。回到怡紅院時，便想找賈母向父親說情。誰知賈母卻對寶玉說：「你只管放心先去學堂看看，別叫你老子生氣。若有什麼難爲你的，再來告訴我就是，有我在呢！」

賈母這樣說了，寶玉只得去上學。

次日一早，賈政便親自帶著寶玉去學堂，拜見老師賈代儒。寶玉坐進學堂裡，四面一看，從前找他麻煩的幾個學生，已經不見了，又多了幾個年紀小的，只是覺得他們都是些粗俗之人。忽然，寶玉心裡想起秦鐘，更覺如今沒有一個可以做伴的知心朋友。

八股：明清兩代科舉考試所規定的一種應考文體；全文要寫成四段，每段有兩股對偶的字句，所以叫「八股」。

第一天上學，老師特別早點放寶玉回去，但囑咐他道：「明天，我要你先講一、兩章書給我聽，試試看你現在學到什麼程度了。」寶玉聽得心中亂跳。

下學回來，寶玉急忙見過賈母、賈政、王夫人，便立刻往瀟湘館走去。一進門，就拍著手笑道：「我依舊回來了！」

黛玉嚇了一跳，道：「我好像聽見你念書去了，怎麼這麼早就回來了？」

寶玉道：「噯喲，不得了！我今天被老爺叫去學堂念書，沒得跟妳們見面，熬了一天，這下子才看到妳們，眞覺得像古人說的『一日三秋』呢！」

黛玉只說：「你上頭都去過沒有？」

寶玉道：「都去過了。」

一日三秋：一天不見，好像已過了三年；比喻非常想念。

黛玉又問：「別處呢？」

寶玉答：「沒有。」

黛玉道：「你也該瞧瞧他們去。」

寶玉道：「我現在懶得動了，只和妹妹說一會兒話吧！老爺還叫我早睡早起，只有明天再去看她們了。」

黛玉微微一笑，叫紫鵑給寶玉沏茶，說道：「二爺如今念書了，可跟以前不一樣。」

寶玉道：「還提什麼念書？我最討厭聽這些話。更可笑的是那八股文章，拿它去騙取功名、混飯吃也就罷了，偏說是『代聖賢立言』。」

黛玉道：「我們女孩子雖沒有求取功名，但小時候我跟著雨村先生念書，也看過八股文章，其中有些不錯的，你不要全部抹殺。而且，你要求取功名，學學這些

代聖賢立言：作八股文章時，必須闡述孔、孟等儒家思想，模仿古人的言辭，不能自己發揮意見，因此便稱「代聖賢立言」。

是好的。」

寶玉聽了，覺得很不入耳，便想：「黛玉從來不是這樣的人，怎麼現在也勢欲薰心了？」但不敢在她面前說出來。

忽然，聽見外面有丫頭說：「襲人姐姐叫我去老太太那裡接二爺，誰知卻在這兒。」

紫鵑進來對寶玉說：「你快喝了茶回去吧，人家都想了你一天了。」寶玉辭過黛玉，便回怡紅院去。

襲人見了寶玉，道：「剛才太太叫鴛鴦姐姐來吩咐我們：如今老爺發狠叫你念書，如有丫鬟再敢跟你玩笑胡鬧，都要照晴雯、司棋那樣辦。沒想到我們服伺你一場，竟賺來這些言語的，實在沒什麼趣兒。」說著，便傷起心來。

寶玉忙說：「好姐姐，妳放心。只要我好好念書，太太就不會再說妳們了。今天晚上我還要念書，明日師父叫我講書呢！妳先去休息好了，有事我可以找麝月她們來做。」

襲人道：「你要眞肯念書，我們服侍你也歡喜。」

寶玉聽了，趕忙吃過晚飯，就把「四書」翻出來。拿起一本，翻了翻，似乎每章都明白，但細讀起來，又好像都不明白，便呆呆坐著想：「我在詩詞上覺得很容易，在這個上頭竟沒頭腦。」

襲人勸道：「歇歇吧，做工夫也不急在一時。」便服伺寶玉睡下了。

寶玉躺在床上，翻來覆去的，怎麼也睡不著。襲人睡了一覺醒來，才發現寶玉發燒了，急得說：「這是怎麼回事？」

寶玉道：「不怕，是我心煩的緣故。妳別吵嚷，老爺知道了，必說我裝病逃學。放心，明天就好了，還是可以上學。」

襲人聽了，覺得可憐，也只能幫他捶捶背。一會兒，不知不覺大家便睡著了。第二天，一覺醒來，太陽高照，寶玉急忙梳洗，趕去學堂。

老師見寶玉遲到，罵了一頓，寶玉說出昨晚發燒之事，才被原諒。下午，老師要寶玉講了兩章書，講得都還可以，便限他一個月內，把念過的舊書都溫習一遍，讀懂之後，再念一個月的文章，然後便要開始出題目，要寶玉作文。

自此以後，寶玉只得天天按著功課去做。寶玉既然上學去了，怡紅院便顯得清靜。一天，襲人拿著針線做活兒，一面想著自己的終身大事。幾年以前，王夫人便很欣賞襲人，說是把寶玉就交給她照顧，視她爲寶玉的妾。但襲人心裡擔憂，不知寶玉將來會娶何人爲妻，若是娶了一個厲害的，自己恐怕會落得跟尤二姐、香菱一樣，沒有好下場。

襲人左思右想，覺得賈母、王夫人、鳳姐等，在平常聊天時，似乎都把寶玉、黛玉視作一對。因此，襲人便忍不住去找黛玉，想探探她的口氣。

黛玉見襲人來了，即請她喝茶聊天。襲人藉故聊起香菱來，說道：「她也眞苦，撞上這位『太歲奶奶』，不知她怎麼過的？」

黛玉道：「她也夠受了！」

襲人又說：「可不是！想來妾也是一個人，不過名分差一些，何苦這樣毒的對她？自己名聲反而不好。」

黛玉從沒聽過襲人背地裡說人，今天她說這話必有原因，便說：「這也很難講。那家庭裡的事，不是東風壓了西風，就是西風壓了東風。」

襲人只說：「做妾的人，心裡先怯了，哪裡倒敢去欺負人呢？」

說話間，外面來了個婆子，說是寶姑娘派來送東西給林姑娘的。黛玉叫她進來。

那婆子進來請了安，卻不說送什麼，只盯著黛玉直瞧，看得黛玉倒不好意思起來，便問：「寶姑娘叫妳送什麼來？」

婆子才笑著答：「一瓶蜜餞荔枝。」回頭看見了襲人，便問：「這位姑娘不是寶二爺屋裡的花姑娘嗎？」

襲人笑道：「嬤嬤怎麼認得我？」

婆子笑道：「我是給太太看屋子的，很少跟太太、姑娘出門，所以大家不認得我。但只要是去過我們那兒的姑娘，我都模糊記得。」

婆子說著，將一個瓶子遞給雪雁，又回頭看了看黛玉，笑著對襲人道：「怪不得我們太太說，這林姑娘和你們寶二爺是一對，原來眞像天仙似的。」

黛玉聽了，雖覺這婆子說話冒失，但因是寶釵派她來的，也不好對她怎樣。等她告辭出門時，黛玉才說：「跟妳們姑娘道謝謝了。」

那婆子邊走還邊自言自語的說：「這麼好模樣兒，除了寶玉，什麼人承受得起。」

黛玉只裝作沒聽見。襲人笑道：「怎麼人到老來，就胡說八道的，叫人聽著又生氣、又好笑。」

雪雁拿了瓶子過來給黛玉看，黛玉只說：「我懶得看，收起來吧！」又和襲人聊了一會兒，襲人便告辭回去了。

晚上，黛玉進到房間，猛然看見了荔枝瓶，不禁想起白天那老婆子的一番話，便覺得刺心。此時，黃昏人靜，黛玉心中堆起千愁萬緒，想著：自己身體不好，年紀也不小了，雖說寶玉心裡應沒有別人，但老太太、舅母又不見有半點意思，眞恨父母在世時，爲什麼不早替她定個婚姻。但轉念一想：「如果父母在時，別處定了婚姻，哪能有像寶玉這樣人才心地的？」

黛玉心裡一上一下的想著，輾轉纏綿，嘆一口氣，掉幾滴淚，無情無緒，和衣躺下。

朦朧之間，黛玉竟然夢見有人要來接她去南京，說她父親娶了繼母，要把她許配給繼母的親戚，還說是續弦。黛玉又急又氣，不禁放聲大哭。

只聽紫鵑叫道：「姑娘，姑娘！妳怎麼了？快醒醒，脫了衣服睡吧！」

黛玉從噩夢中驚醒，仍覺得喉間哽咽，心上怦怦亂跳。紫鵑連忙幫她脫下外衣，又扶著她躺下，蓋好了被窩。然而，黛玉哪裡睡得著？只是翻來覆去，一會兒坐起來，一會兒又躺下。

黛玉本已身體孱弱，再經這一整夜的折騰，便止不住的咳了起來。一大清早，紫鵑就被黛玉的咳嗽聲吵醒，連忙捧著痰盒過來。服侍好一會兒，紫鵑拿起痰盒

續弦：俗稱喪妻為斷弦，再娶為續弦。

出去要倒，竟發現痰中有好些血絲，不禁失聲叫道：「噯呀！這還了得！」

黛玉在裡面聽了，問道：「是痰盒裡有什麼嗎？」紫鵑一陣心酸，掉下淚來，卻忍著説道：「沒有什麼。」

黛玉先前便已覺得喉間有些甜腥，現在聽紫鵑説話的口氣，心中便已明白了八、九分，於是叫紫鵑進來。只見紫鵑進門時，還拿手帕擦眼睛，黛玉問：「大清早起，好好的爲什麼哭？」

紫鵑勉強笑道：「誰哭來？只是早起眼睛不舒服。倒是姑娘咳了大半夜，實在該注意身體。依我説，還得自己想開一點。何況，這裡自老太太、太太起，哪個不疼姑娘？」

紫鵑原是勸解黛玉，誰知反而惹她傷感，竟又咳出一口帶血之痰。紫鵑看著不好，連忙叫雪雁去找人來。一會兒，探春、湘雲都來探視。兩人看了黛玉的情況，都禁不住憂心，但也只能用言語寬慰一番。

後來，襲人也來看望，卻碰上黛玉睡了，她便悄悄對紫鵑說：「那一位昨夜也把我嚇了個半死！睡到半夜裡，突然的嚷心疼，嘴裡胡說八道，直吵到天快亮時才好些。今天不能上學，還要請大夫來看呢！」

這時，又聽到黛玉咳了起來。紫鵑過去服侍，黛玉便坐起來，對襲人說道：「我不礙事的，妳們別大驚小怪。剛才是說誰半夜心疼了？」

襲人道：「是寶二爺做噩夢，沒什麼的。」

黛玉聽了，知道襲人是怕她擔心，才這麼說的，因此心裡又是感激，又是傷心。黛玉點點頭，嘆了一聲，說道：「妳回去別告訴寶二爺說我不好，免得他爲此耽誤了功課，又叫老爺生氣。」

襲人答應了，又勸道：「姑娘還是躺躺歇歇吧！」

黛玉於是睡下了。

襲人回到怡紅院時，便只說黛玉身體略覺不舒服，也沒什麼大病。寶玉聽了，才放下心來。

卻是探春、湘雲離開湘瀟館後，便一路往賈母那邊去，把黛玉的病情告訴賈母。賈母聽了，自是心煩，說道：「偏是這兩個『玉』兒多病多災的。林丫頭漸漸大了，身子要緊哪！我看那孩子是太過心細了。」

眾人聽賈母這樣說，也沒人敢答話。賈母便又吩咐道：「明兒大夫來看過寶玉後，就叫他也到林姑娘那裡去看看。」

第二天，大夫看了寶玉，說沒什麼大礙，吃些藥便好。看過黛玉後，卻說她是平日有所鬱結，時常動氣，且多疑多懼，才會造成這樣的病症。

黛玉幸得大夫對症下藥，病情便漸漸好轉起來。

第十八回　寶玉失落・元妃薨逝

話説寶玉年歲漸長，賈母開始留意他的終身大事，便囑咐賈政，早日找個好女孩，給寶玉定下。賈政原本不急於此事，只希望寶玉用心於求取功名，但是母命難違，所以也就開始留心這件事。

一日，賈母和邢夫人、王夫人等，又談起給寶玉定親之事，説起賈政留意到一個張家的女孩。鳳姐在一旁聽了，笑道：「不是我當著老祖宗和太太的面前，説句大膽的話：眼前就放著天配的姻緣，何用別處去找。」

賈母笑問：「在哪裡？」

鳳姐道：「一個『寶玉』，一個『金鎖』，老太太怎麼忘了？」

賈母聽了，笑一笑說：「昨日妳姑媽不是剛好來這裡，妳怎麼不提？」

鳳姐道：「老祖宗和太太們在前頭，哪裡有我們小孩子家說話的地方？況且，這事情怎麼能那時候提？應該太太們過去求親才是。」

賈母聽了笑道：「是啊！我眞老糊塗了。」說的邢夫人、王夫人也都笑起來。

過了幾日，王夫人等果眞前去向薛姨媽提親。薛姨媽倒也十分願意，只是寶釵已沒了父親，哥哥薛蟠又在外地，薛姨媽認爲還是要等他回來商量商量。誰知不久之後，竟傳來薛蟠在外殺人被抓的消息，薛家一團慌亂，寶釵的婚事便暫時擱置了下來。

寶玉這裡，始終不知賈母、王夫人已爲他的親事在張羅著，一有閒暇時，仍是愛到園裡找姊妹們聊天。

這日，寶玉本去找黛玉，只因她已午睡，於是便去找惜春。來到惜春門外，聽到裡面有兩人正在下棋。寶玉悄悄走了進去，一看，竟是妙玉與惜春。

寶玉特別向妙玉行了禮，笑問道：「妙公平日不輕易出禪關，今日何緣下凡一走？」

妙玉聽了，忽然臉紅，也不答話，只低頭看棋。寶玉想是自己說話不當，便陪笑說：「出家人不像我們在家的俗人，出家人的心是靜的，靜則靈，靈則慧。……」

寶玉話沒說完，妙玉卻微微把眼一抬，看了寶玉一眼，又低下頭去，臉色更漸漸紅暈起來。寶玉見她什麼話也不說，只好也閉上嘴。

一會兒，惜春又要下棋，妙玉卻突然癡癡的問寶玉：「你從何處來？」

寶玉本要開口回答，忽又想到妙玉這句話不知是否有玄機，竟紅了臉，答不出話。

惜春笑道：「二哥哥，這有什麼難答？你沒聽人家常說：『從來處來』嗎？這也值得臉紅，像見了陌生人似的！」

妙玉聽了這話，想起她自己臉上一定也是紅的，倒不好意思起來，便說：「我來得久了，要回庵裡去了。只是許久沒來這裡，回去的路倒要認不得了。」

寶玉趕緊起身，説要指引妙玉認路。二人於是別了惜春，彎彎曲曲的走過園裡的路。

走近瀟湘館時，忽聽得叮咚之聲。妙玉道：「哪裡的琴聲？」

寶玉道：「想必是林妹妹在彈琴吧！」

妙玉道：「原來她也會這個。」

兩人走至瀟湘館外，坐在石上靜靜聽著。妙玉是個精通音律之人，聽著聽著便説：「爲何有這樣深沈的憂思？」

寶玉道：「我雖不懂得，也覺得音調過悲了。」

又聽了一回，忽然「蹦」的一聲，弦斷了！妙玉站起來連忙就走。寶玉問：「怎麼樣？」

妙玉道：「日後自知，你也不必多説。」説完便走

寶玉和妙玉坐在石上聊著，突然聽聞黛玉的琴聲，妙玉覺得這深沉的聲調，恐將發生不祥之事。

了。弄得寶玉滿肚疑團，沒精打采的回去怡紅院。
隔了幾日，寶玉又找了機會去看黛玉，問道：「我那一天經過這兒，聽見妳彈琴，因爲怕打擾妳，只在外頭靜聽一會兒，就走了。只不知道妳那曲子，爲何那樣做，是什麼意思？」
黛玉道：「這是人心自然之音，做到哪裡就到哪裡，原沒有一定的。」
寶玉道：「原來如此。可惜我不知音，白聽了。」
黛玉道：「古來知音人能有幾個？」
寶玉聽了，覺得自己說錯話了，怕黛玉寒心，雖然心裡好像還有很多話，但又不知再說什麼好。
黛玉也因剛才的話是衝口而出，細細一想，覺得太冷淡了些，就沒再說話。

寶玉見黛玉不講話，只好站起來說：「我還要到三妹妹那裡去瞧瞧！」

黛玉也只說：「你若是見了三妹妹，替我問候一聲吧！」寶玉答應著，便走了。

黛玉回到屋裡，悶悶的想著：「寶玉近來說話，吞吞吐吐，忽冷忽熱，不知他是什麼意思？」

紫鵑見黛玉又在沈思，便不去吵她，走到外面來，卻看到雪雁也在發呆，就問：「妳這會兒也有心事嗎？」

雪雁悄悄兒的說：「姊姊，妳聽說了嗎？寶玉定了親了！」

紫鵑聽了，嚇了一跳，問：「這是哪來的話？只怕不眞吧？」

雪雁便說，她是聽探春的丫鬟侍書講起，說是一個王大爺已替寶玉做了媒，但老太太不許家人談論這件事，怕寶玉因此野了心。侍書還叮囑雪雁，千萬不可走漏風聲。

紫鵑和雪雁雖然是偷偷的談話，誰知仍被黛玉聽見了幾句。原本黛玉已有一腔心事，再聽了這些話，不禁千愁萬恨湧上心來，左思右想，竟打算讓自己早些死了算了，免得眼見不如意之事。

從這時起，黛玉便故意不吃飯、不添衣，睡覺時也踢去被子。雪雁和紫鵑後來都猜到了她的心意，卻不敢多問或多說，只能暗自著急。

寶玉下學之後，常來問候，但怕說錯了話，反惹黛玉生氣，因此只能說些普通勸慰之言；而黛玉雖有千言萬語，卻覺得自己年紀已大，不便像小時候那樣無顧忌的說話，所以滿腔心事，只是說不出來。兩個人見了面，都說些表面話，眞是「親極反疏」了。

賈母、王夫人等雖也憐惜黛玉，請了大夫來看，但哪醫得了她的心病。黛玉就這樣一日一日消瘦、憔悴，半個月之後，竟連話都說不出了。

這日，紫鵑見黛玉似乎無指望了，便去報告賈母等人。雪雁一個人守著黛玉，心中又痛又怕，難過得不得了。突然，侍書來看黛玉，雪雁連忙一把抓著她問：「妳那天說什麼王大爺給寶二爺說親的事，到底是不是眞話？」

侍書道：「怎麼不眞？只是不過說親而已，並沒有定。後來我又聽二奶奶說：『老太太眼裡早有了人了，就在咱們園子裡。寶玉的事，老太太總是要親上作親的，憑別人誰來說親，都不管用！』」

雪雁問侍書話時，只當黛玉已不醒人事，不會聽到什麼。誰知黛玉雖病重，心裡卻還明白，聽侍書說老太太主意親上作親，又是園中住著的，那麼不正是自己？如此一想，黛玉頓覺心神清爽，竟緩緩睜開眼，還喝了兩口水。等紫鵑請了賈母過來時，衆人只覺得黛玉似乎不是那麼嚴重的。

果然，「心病終須心藥醫，解鈴還須繫鈴人」，黛玉自此便慢慢好了起來。賈府裡人人都覺得奇怪，倒是賈母猜著了八、九分，說道：「寶玉和林丫頭是從小就在一塊兒的，那時他們都是小孩子，沒什麼擔憂的。後來，時常聽林丫頭忽然病，忽然好，就覺得不尋常。我想，現在若還把他們擱在一塊兒，畢竟不成體統。」

王夫人聽了，道：「林姑娘是個有心計的，這時候忽然把他們哪一個分出園外，不是倒露了痕跡？」

賈母皺了皺眉，說道：「我就是因爲林丫頭這點心計，才不把她配寶玉，況且她又這樣瘦弱，還是寶丫頭最妥。」

王夫人道：「我們也跟老太太一樣的想法。只是，林姑娘也得給她說個人家才好。」

賈母道：「自然先給寶玉娶了親，再給林丫頭說人家，沒有先是外人後是自己的，況且林丫頭到底比寶玉小兩歲。不過，寶玉定親的事，不許先讓她知道。」

鳳姐聽了，便立刻吩咐衆丫頭，不許說出寶二爺定親之事。賈母又另外叮囑鳳姐，要她多注意大觀園裡發生的事情。

過了一些日子，大觀園裡突然傳出一件奇事：怡紅院中本有幾株枯萎的海棠，一直沒人去澆灌，但不知怎麼的，竟在一夕之間開出花來。大家都覺得詫異，爭相來看，連賈母和王夫人都到了。

賈母一時高興，便命人準備酒席，大家賞花；又叫寶玉、賈環，還有李紈的兒子賈蘭，三人各做一首詩來誌喜。

其實，這海棠本應三月開花，現在卻在十一月裡開了，賈母雖然認爲是件好事，賈政、探春等人卻以爲不祥，只是不敢多說。鳳姐因爲病了，沒來賞花，但叫平兒拿了兩匹紅布來，悄悄對襲人說：「這花開得奇怪，奶奶叫妳剪塊紅布掛上，便應在喜事上去了，以後也不要當件奇事混説。」

衆人賞花之後，都各自回去了。寶玉也進屋換衣服去，襲人忽見他脖子上沒有掛「通靈寶玉」，便問：「那塊玉呢？」

寶玉想起，剛才聽見賈母要過來賞花，便匆匆換衣服，把那塊玉就放在桌上，忘記戴了。只是此時襲人看桌上並沒有玉，急得向各處去找。

誰知，怡紅院裡上上下下找遍了，卻踪影全無。襲人、麝月等衆丫頭，個個又急又怕，只得硬著頭皮，出去問問剛才來賞花的姊妹和丫頭們。

探春、李紈知道後，也急急來到怡紅院，幫忙想法子找尋那塊玉。沒多久，王夫人也聽説了，趕來問道：「那塊玉眞丢了嗎？」

襲人慌得連忙下跪，含著淚哽咽難言。寶玉怕襲人把眞相告訴王夫人，便搶著說：「太太，這事與襲人無關，是我前天到南安王府聽戲時，在路上掉的。」

王夫人道：「爲什麼那天不找？」

寶玉道：「我怕她們著急，沒告訴她們，只叫焙茗等人到外頭各處去找。」

王夫人道：「胡說！襲人她們沒服待你換衣服嗎？沒發現玉不見了嗎？」寶玉無言可答。

李紈、探春便把實情告訴了王夫人，王夫人急得淚如雨下，想想只好去告訴賈母，才能去邢夫人那邊，查查那些跟來賞花的人。

這時，鳳姐也抱病過來了。王夫人道：「妳也聽說了嗎？這可不是件奇事，才一會兒不見，就找不著了。

妳去想想：從老太太那邊的丫頭起，到妳們平兒，誰的手不乾淨，去認眞查出來。不然，掉了那玉就是斷了寶玉的命根子。」

鳳姐道：「若我們一吵嚷，偷玉的人知道了，萬一情急之下反而毀了那玉，豈不糟糕？據我的糊塗想法，不如放出風聲，說寶玉根本不在乎那塊玉，丟了也沒什麼要緊。大家小心點兒，別讓老太太、老爺知道這事，咱們暗暗派人各處查訪，哄騙出來，那時玉也可得，罪名也好定。不知太太以爲如何？」

王夫人遲疑半天，答應了，又對衆人道：「不許聲張。限襲人三天內給我找出來。要是三天找不著，只怕也瞞不住，那大家就不用過安靜日子了。」說完，叫鳳姐跟她過去邢夫人那兒，私下商議搜查之事。

測字：利用文字筆畫的變化，來預測吉凶。

扶乩：民間信仰中，利用神靈附體來占卜問疑惑。

大觀園裡此時議論紛紛，一會兒宣布鎖上園門，三天之內不許任何人出去；一會兒又找人去測字、扶乩，問問玉的下落。大家能想的方法都想了，能找的地方也都找了，仍舊沒個蹤影。

黛玉心裡暗暗想著：「如果眞的『金玉有緣』，寶玉如何能把這玉丟了呢？或者因我之事，拆散了他們的金玉？」這樣一想，黛玉反而覺得安心。但後來又聯想到海棠開花一事：「這塊玉原是胎裡帶來，非尋常之物，如果海棠開花是好事，不該失了這玉呀？看來此花開得不祥，莫非有其他不吉之事？」不覺又傷心起來。

一連幾天，王夫人、鳳姐、襲人等都不停的尋找那塊玉，但總無下落。寶玉也好幾天不去上學了，每日只是怔怔的，不言不語，沒心沒緒。

寶釵也早已聽説失玉之事。但那天薛姨媽答應了她和寶玉的婚事後，便回去告訴她，又説：「我也還沒應准，等妳哥哥回來再説。只不知妳願不願意？」寶釵答道：「女孩兒家的事情是父母做主的，如今我父親沒了，媽媽應該做主；再不然，問哥哥，怎麼問起我來？」

因此從那天開始，寶釵便不再提起「寶玉」二字，就連聽説失了玉，也只在心裡驚疑，一句話都不問，更不説去探望寶玉了。

這天，賈政忽然氣喘吁吁的從外面回來，滿面淚痕的對王夫人説：「娘娘得了暴病，妳快去稟告老太太，即刻進宮！」

賈母和王夫人趕到宮中，只見元妃病危，已不能言語。沒過多久，便已薨逝。

賈府遭遇此悲痛之事，人人哀傷；接著又為了元妃的喪禮，忙亂了好一陣子。一時之間，也就顧不得那失玉之事，但是寶玉卻一天比一天更糊塗了。

賈母忙過元妃喪禮後，到園裡來看寶玉。賈母問寶玉話，他只知嘻嘻的笑，襲人教一句，他才答一句，就像個傻子似的。賈母看了起疑，問道：「他也看不出來有什麼病，可是怎麼神魂失散的模樣，到底是什麼原因引起的？」

王夫人知道事情瞞不住了，便只能告訴賈母，說寶玉外出看戲時，丟了那塊玉。賈母一聽，急得站起來，眼淚直流，說道：「這塊玉是能丟的嗎？妳們也太不懂事了！」襲人等在一旁都跪下了。

賈母立刻吩咐賈璉出去張貼懸賞告示：只要有人找到寶玉，送銀一萬兩；知道寶玉下落，前來賈府通風報信，因而找到寶玉的，送銀五千兩。

接著，賈母又叫寶玉搬出大觀園，過去跟她同住。

第十九回　錯娶蘅蕪・魂斷瀟湘

儘管賈府貼出重賞，那塊玉依然毫無音訊。此時，賈政又被皇上派往江西任職，不久便要啓程。

賈母於是把賈政叫去，哽咽著說：「我今年八十一歲了，你又要到外地做官，偏偏寶玉現在又病得糊塗，眞不知會怎麼樣！昨日我叫人給寶玉算算命，這先生說：『要娶了金命的人幫扶他，沖沖喜才好；不然，只怕保不住。』我知道你不信那些話，所以要找你和你的媳婦來商量。」

賈政知道賈母的心意，但也有所顧忌，便說：「老太太決定怎樣就怎樣，只是姨太太那邊不知如何？他的兒子還被關在監裡，女兒怎麼出嫁？況且貴妃薨逝，家中有喪，寶玉也不宜現在娶親。再加上我已經定了啓程的日期，無法耽擱，怎麼辦呢？」

賈母想了一想，便說：「姨太太那裡，我和你媳婦親自過去求她，請薛家將就一點。至於喪期中娶親，確實行不得，而且寶玉病著，也不可成親，不過是沖沖喜而已。姨太太曾說，有個和尚說寶丫頭的金鎖，只要等到有玉的，便是她的婚姻。把寶丫頭娶進門，她的金鎖說不定就招出那塊玉來。我們就挑個好日子，儘早拜堂，便算是成了親，日後再擺筵席請人。這樣，你也能夠看到他們小兩口成婚，就可以安心上任去了。」

賈政聽了，也只有同意。後來，僅是指定把王夫人住處旁邊的二十幾間屋子分給寶玉，其他事情便一概不管。

寶玉對於自己婚事的安排，渾然不知。襲人知道要娶的是寶釵，心裡想道：「果然上頭眼力不錯，這才配得是。若她來了，我也可以卸下好些擔子。但是，這一位心裡只有一個林姑娘，若知道了，可不曉得要鬧成什麼樣子了！」

襲人把心裡的擔憂告訴了王夫人，求王夫人要告訴老太太，想個萬全之計。鳳姐知道此事後，便想出一個「掉包兒」的方法，只叫眾人告訴寶玉說，老爺做主把林姑娘配給了他，等到行婚禮時，再把寶釵娶進門。

賈母聽了，笑道：「這麼著也好，可就是苦了寶丫頭。還有，若吵嚷出來，林丫頭那兒怎麼辦？」鳳姐道：「這些話只說給寶玉聽，在外頭一概不許提起，有誰會知道呢？」

於是，寶玉的婚事便悄悄進行開了。

一日，黛玉用過早飯後，帶著紫鵑要過去給賈母請安。出了瀟湘館，走了幾步，忽然想起忘記帶手絹子，便叫紫鵑回去拿，自己慢慢走著等她。

黛玉走到當日和寶玉葬花之處，忽然聽見一個人在那裡嗚嗚的哭著。黛玉過去細看，是個濃眉大眼的丫頭蹲在那兒，但她卻不認得，便問：「妳叫什麼名字？爲什麼在這裡傷心？」

那丫頭說：「我叫傻大姐。我只是說錯了一句話，我姊姊就打我。」

黛玉又問：「妳姊姊爲什麼打妳？妳說錯了什麼話了？」

傻大姐道：「爲什麼呢，就是爲我們寶二爺娶寶姑娘的事情呀！」

黛玉聽了這話，如同挨了一個疾雷，心頭亂跳。略定了定神，便說：「妳跟我過來。」把那丫頭帶到僻靜之處，問道：「寶二爺娶寶姑娘，又爲什麼打妳？」

傻大姐說：「我們老太太和太太、二奶奶商量了，因爲老爺要到外地任職，就趕著把寶姑娘娶過來吧！一則給寶二爺沖什麼喜，二則——」說到這兒，瞅著黛玉笑了笑，才又說：「趕著辦好了，還要給林姑娘說婆家呢！」

黛玉已經聽呆了，傻大姐還只管說道：「我又不知道他們怎麼商量的，說不許吵嚷，我只是隨口跟襲人姐姐說道：『以後更熱鬧了，又是寶姑娘，又是寶二奶奶的，這可怎麼叫呢？』誰知這說錯了什麼，就打了我一個嘴巴！」

黛玉此時心裡五味雜陳，竟分不清是什麼感覺。停了一會兒，顫巍巍的說：「妳別胡說了，叫人聽見，又要打妳了。妳去吧！」

黛玉移身想走回瀟湘館，竟覺得身子有千百斤重，兩隻腳卻像踩著棉花一般，早已軟了，只得一步一步慢慢走著。

紫鵑拿了手帕過來，遠遠的就見黛玉臉色蒼白，身體晃晃蕩蕩的，便趕過來輕輕問道：「姑娘，怎麼又往回走？想去哪兒呢？」

黛玉應道：「我問問寶玉去。」紫鵑聽了，搞不清怎麼回事兒，只得扶著她到賈母這邊來。

黛玉到了賈母這兒，忽然又不像剛才那樣軟了，也不等紫鵑打簾子，便自己掀了簾子進去。賈母正在小睡，襲人走來招呼。

黛玉直接走到寶玉跟前，坐下來，瞅著寶玉笑；寶玉也坐在那兒，嘻嘻傻笑。兩人什麼話也沒說，只顧對著臉笑。襲人看了，不知怎麼辦才好。

忽然，黛玉說道：「寶玉，你爲什麼病了？」

寶玉笑道：「我爲林姑娘病了。」

襲人、紫鵑兩人嚇得面目改色，連忙說些其他話來岔開。寶、黛二人又不說話了，仍舊相視傻笑。

襲人悄悄對紫鵑說：「姑娘病才好，我叫秋紋妹妹跟妳一起攙扶姑娘，回去歇歇吧！」

紫鵑便對黛玉道：「姑娘，回家去歇歇吧！」

黛玉聽了也就站起來，點點頭兒，道：「可不是！我這就是回去的時候了。」說著，便回身笑著走出去。

此時，黛玉不但不要丫頭們攙扶，還走得比往常飛快，紫鵑、秋紋連忙跟上去。出了賈母院門後，黛玉卻只管往前直走，紫鵑急忙攙住，叫道：「姑娘，往這邊走。」

黛玉仍只是笑，也便隨著紫鵑往瀟湘館走去。離門口不遠時，紫鵑道：「阿彌陀佛，可總算到家了。」誰知這句話還沒說完，只見黛玉身子往前一栽，「哇」的一聲，吐出一口血來！

紫鵑、秋紋合力攙扶著黛玉，讓她進屋裡躺下。秋紋慌忙回到賈母那兒，把黛玉的情況告訴了賈母。賈母大驚，道：「這還了得！」便把王夫人、鳳姐叫來。

鳳姐知道此事，只說：「我都囑咐到了，怎麼還會有人走漏風聲？這不更是一件難事了嗎？」

賈母道：「先別管那些，快去瞧瞧林丫頭吧！」說完，一行人往瀟湘館走去。

這裡黛玉已經甦醒了，心中不似剛才那樣急痛，神智也已明白，不再昏沉。只是，也不再覺得傷心，只希望自己能早些死去，以完此債。

賈母來到時，黛玉微微睜開眼睛，喘吁吁的對她說道：「老太太，您白疼我了。」

賈母聽了，十分難受，便說：「好孩子，妳好好休養，不怕的。」黛玉只微微一笑，又閉上眼睛。

看過黛玉後，賈母出來便交代鳳姐：「我看這孩子的病，不是我咒她，只怕難好了。妳們也該替她預備預備，沖一沖，也許反而好了，豈不是大家省心？就是怎麼樣，也不至於臨時忙亂。」

接著，賈母又找了紫鵑、襲人來問話，仍不知到底是誰告訴了黛玉，但賈母心中很是納悶，說道：「他們兩個從小一起玩，好些是有的。如今大了，懂得人事，就該要分別些，才是做女孩兒的本分，我才心裡疼她。若是她心裡有別的想頭，那我可是白疼她了。」自此，賈母便不像從前那樣關心黛玉。

以往黛玉生病，從賈母到眾姊妹們的丫頭，都常來問候；但這次一病，卻不再有賈府的人前來探望，每次黛玉睜開眼，就只見紫鵑一人。

這日，黛玉掙扎著起身，對紫鵑說道：「妹妹，妳是我最知心的。雖然是老太太派妳服侍我，但我拿妳就當作我的親妹妹——」說到這兒，喘得上氣不接下氣。紫鵑聽得一陣心酸，早哭得說不出話來。

黛玉喘了一會兒，叫雪雁把她的詩稿拿來；又用手絹指指箱子，意思是要拿箱子裡的絹子。雪雁拿出一條白絹子，黛玉不要，喘著氣用力說道：「有字的。」紫鵑想起來，她是要那塊題了詩的舊手絹，便趕緊找出來給她。沒想到，黛玉接了那手絹，也不看詩，只掙扎著狠命撕那絹子。但哪裡撕得動，只是兩手打顫而已。

紫鵑知道她是恨寶玉，卻不敢說破，只道：「姑娘，何苦又自己生氣？」

黛玉聽了，點點頭，便不再撕那手絹。略略閉著眼喘了一下子，又叫雪雁準備火盆。紫鵑以爲黛玉怕冷，所以要火盆，誰知端來之後，黛玉竟把手絹和詩稿，一把扔進火中！

雪雁顧不得燒手，急著去搶，卻也沒能救出幾頁詩稿。黛玉此時已用盡力氣，只把眼睛一閉，往後一仰，幾乎把在旁攙扶她的紫鵑給壓倒。

紫鵑、雪雁連忙把黛玉扶好躺下，本想去找人來，但天已晚了，只好熬過一夜。第二天，黛玉又是咳嗽，又是吐血，紫鵑看著不祥，趕緊去稟告賈母。

豈知賈母房中靜悄悄的，只有幾個人在看屋子。紫鵑問道：「老太太呢？」那些人都說不知道。紫鵑覺得詫異，便到寶玉屋裡去看，竟也無人。

紫鵑此時已明白了八、九分，後來又找到了丫鬟墨雨悄悄打聽，證實寶玉果然已經選定了新屋子，今夜就要娶親了。

紫鵑心中悲憤不已，含淚咬牙想著：「寶玉，我看林姑娘明兒死了，你算是躲得過不見她了！但是，看以後你拿什麼臉來見我！」一面哭，一面往回走。

回到瀟湘館，紫鵑見情況不妥，忙叫了黛玉的奶媽過來，誰知王奶媽來了一看，便大哭起來，反而把紫鵑弄得心裡七上八下。這時，她忽然想起李紈是寡婦，今日寶玉成親，她一定迴避，不會參加，所以趕緊去請她過來。

李紈一聽黛玉不好，嚇得立刻趕往瀟湘館。一路走著，不禁落淚想道：「姊妹一場，沒想到今天會有這樣的景況？偏偏鳳姐想出那種計謀，自己也不便到瀟湘館

黛玉聽到寶玉和寶釵定了親，整個人失了神，要雪雁準備火盆，獨自一人悶悶的燒起了詩稿。

來探望，也沒能盡到姊妹的情分，眞眞可憐可嘆！」

李紈見了黛玉，輕輕叫了兩聲，她卻只微微睜眼，一句話也說不出，一滴淚也沒有流。李紈只得一面哭，一面急急吩附紫鵑爲黛玉更衣，準備後事。

正忙亂著，平兒也來了，李紈問道：「妳這會兒不在那邊，過來這裡做什麼？」

平兒道：「奶奶不放心，叫我來瞧瞧。我也要見見林姑娘。」說著，含淚進去看黛玉。

此時，鳳姐又派了人來，說是老太太有事叫紫鵑過去。紫鵑不肯，說道：「我們在這裡守著病人，身上不潔淨，況且林姑娘還有氣兒，不時叫我呢！」

平兒聽了，便說：「叫雪雁去吧！」

雪雁不知道爲何要叫她去，只知是老太太和二奶奶吩咐的，也不敢不去。

原來，雪雁是被叫去攙扶新娘的。那寶玉雖然病中糊塗昏沈，但自從得知要娶黛玉爲妻之後，便頓覺清醒健朗一些。這夜看見雪雁扶著新娘，心中還想：「怎麼不是紫鵑呢？對了，雪雁是林妹妹從南邊家裡帶來的，而紫鵑本來就是我們家的，自然現在不必帶來。」

因此，寶玉見了雪雁，就像見了黛玉似的高興。於是，歡歡喜喜的跟新娘拜了天地，送入洞房。

一對新人進了洞房，新娘揭開蓋頭之後，雪雁便悄悄走開，換了寶釵的丫鬟鶯兒上來伺候。這時，寶玉睜大了眼一看，好像是寶釵，可是他不信，又一手持燈，一手揉揉眼，再一看——可不是寶釵嗎？

寶玉兩眼發直，呆呆站著。賈母一看，怕是寶玉的病又發作了，便親自扶他上床。鳳姐則請寶釵進入裡間的床上坐下，寶釵只是低頭不語。

寶玉定了一回神，便輕輕叫襲人道：「我是在哪裡呢？這不是做夢吧？坐在裡頭的這一位美人兒是誰？」

襲人摀著嘴，笑了半天，才說：「今天是你的好日子，坐在那兒的是新娶的二奶奶。」

寶玉道：「好糊塗！妳說『二奶奶』，到底是誰？」

襲人道：「寶姑娘。」

寶玉道：「林姑娘呢？我剛才看見林姑娘了，還有雪雁呢！現在怎麼沒有？你們這是做什麼呢？」

襲人、鳳姐都道：「老爺作主娶的是寶姑娘，怎麼胡說起林姑娘來？寶姑娘現正在屋裡坐著呢，當心得罪了她，老太太不高興。」

寶玉聽了，覺得更糊塗，仍是口口聲聲說要找林妹妹去。賈母等上前安慰，哄他睡下，又叫鳳姐請寶釵安歇。寶釵什麼話也沒多說，便在裡間暫時歇下。

這邊瀟湘館裡，雪雁走了之後，黛玉曾經略略好轉一點，紫鵑服侍她喝了兩匙桂圓梨子汁。

沒多久，黛玉卻又喘了起來，拉著紫鵑的手說：「我是不中用的人了……，妹妹！我這裡並沒有親人，我的身子是乾淨的，妳好歹叫他們送我回南邊去。」說到這兒，黛玉閉上眼，越喘越緊。

此時，探春正好來了，紫鵑忙說：「三姑娘，瞧瞧林姑娘吧！」說著，淚如雨下。

探春過來，摸了摸黛玉的手，已經涼了，連目光也都散了。於是，探春、李紈、紫鵑三人，趕緊開始為黛玉擦洗身體。

三人一面哭，一面擦著，猛聽黛玉直聲叫道：「寶玉！寶玉！你好……」說到「好」字，便再也發不出一聲，就此身冷氣絕！

第二十回　探春遠嫁・賈府被抄

話說黛玉氣絕之時，正是寶玉娶寶釵的那個時辰。只是沒有人敢將這個消息告訴寶玉，就連賈母也是到了第二天才知道。當時，賈母止不住的痛哭，說道：「是我弄壞了她，只是這丫頭也太傻了！」說著，想去園裡哭她一場，王夫人、鳳姐等都勸賈母保重身體，沒讓她過去。

後來，賈母去看寶玉。寶玉竟笑著對賈母說：「我昨晚看見林妹妹來了，說她要回南方去。我想沒人留得住她，還請老太太幫我留一留。」賈母聽了只能說：「好，你放心吧！」說完，便到寶釵這邊來。

寶釵見賈母滿面淚痕，便問：「聽得林妹妹病了，不知現在好些沒有？」

賈母一聽，更是流淚，說道：「我的兒！我告訴妳，妳可別告訴寶玉。都是因為妳林妹妹，才叫妳受了不少委屈。妳如今做媳婦了，我才告訴妳：如今妳林妹妹已沒了，就是娶妳的那個時辰死的。寶玉現在這番病，也是因為這個，妳們從前一起住在園子裡，自然也是明白的。」

寶釵聽了，不禁臉紅，想到黛玉已死，又不免落下淚來。一會兒，賈母回去了，寶釵反覆思考著，想出一個主意，只等見機行事。

寶玉因為舊病發作，越來越昏沈，後來漸漸連飲食也不大進了。到了寶釵回九之日，賈母等人只好叫人扶著寶玉，坐了轎子，與寶釵一同過去薛姨媽那兒。

薛姨媽見寶玉竟是這般光景，心裡不免懊悔。寶釵也難免在心中怨母親辦事糊塗，只是如今已到了這種地步，她也不再多說。

寶玉的病日重一日，請遍了名醫，也看不出病源。一日，寶玉稍稍清醒，看房中只有襲人，便拉著她哭道：「我問妳：寶姊姊怎麼來？我記得老爺給我娶了林妹妹過來，怎麼被寶姊姊趕走了？她為什麼霸占住在這裡？我要說呢，又恐怕得罪了她。妳們聽見林妹妹哭得怎麼樣了？」

襲人不敢明說，只道：「林姑娘病著呢！」

回九：新娘結婚三天後回娘家，稱作「回門」；九天後回娘家，稱作「回九」。

寶玉一聽，便說：「我瞧瞧她去。」

只是寶玉已連日不進飲食，此時根本爬不起身來，便不禁哭道：「我要死了！我心裡有一句話，只求妳回明老太太：橫豎林妹妹也是要死了，我們兩處兩個病人，都要死的，不如騰一間空房子，趁早將我們都抬到那裡，活著也好一起醫治服侍，死了也好一起停放。妳依了我這話，也不枉費這幾年的情分。」襲人聽了這些話，哭得哽咽難言。

恰好此時寶釵帶了鶯兒過來，也聽見了，便說：「你放著病不保養，何苦說這些不吉利的話？老太太一生疼你一個，如今八十多歲了，你忍心辜負她嗎？太太更是不必說，一生的心血撫養你這一個兒子，若是半途死了，太太將來怎麼樣？我雖是命薄，也應該不至於此。從這三件事看來，你就是要死，老天也不容你死的。你只管安心養病，身體好了之後，就不會有這些邪念。」

寶玉聽了，呆了半晌，忽然笑嘻嘻的說：「妳不是好些日子不和我說話了，現在說這些大道理的話給誰聽？」

寶釵一聽，便說：「老實告訴你吧！你那兩天不知人事的時候，林妹妹已經亡故了。」

寶玉立刻坐起來，大聲問道：「果眞死了嗎？」

寶釵道；「果眞死了，我豈有咒人死的道理！只是老太太、太太知道你們兩個相處和睦，若是你聽見她死了，一定也要死，所以不肯告訴你。」

寶玉聽了，不禁放聲大哭，哭倒在牀上。忽然，覺故人：老朋友。

得眼前一片漆黑，辨不出方向，只見好像有個人走了過來，寶玉便問：「借問此處是何處？」

那人道：「此爲陰司。你的壽命未終，怎麼會到這裡？」

寶玉道：「剛才聽到故人林黛玉已死，於是尋訪到這兒，不知不覺迷路了。」

那人冷笑道：「林黛玉生不同人，死不同鬼，如今已歸太虛幻境。你若有心尋訪，便要經過一番修養，到時自然可見。如果你不好好愛惜生命，自尋死路，將囚禁陰司，再也看不見黛玉。」說完，從袖中取出一石，向寶玉心口擲來。

寶玉聽了這話，又被石子打著心窩，嚇得立刻就要回家，只是已迷了路，搞不清方向。此時，忽聽見有人叫他，回頭一看，不是別人，正是賈母、王夫人、寶釵、襲人等圍著他哭叫。

原來，寶玉依舊躺在牀上，剛才不過是大夢一場。這時，寶玉渾身冷汗，心裡卻覺得清爽許多，只是仔細一想，仍覺無可奈何，不禁長嘆數聲。

賈母、王夫人等原先見寶玉昏死過去，都深深責怪寶釵造次。後來寶玉醒了，大夫看過之後反而說道：「現在脈氣安定了許多，再吃些調理的藥，就快可以痊癒了。」大家這才放下心來。

其實，寶釵早知寶玉的病最主要是因黛玉而起，丟失那塊玉倒是其次，因此故意找機會說出黛玉的死訊，好讓寶玉痛心而驚醒，才能神魂歸一。

只是，寶玉的病症雖漸漸好轉，但仍癡心想念黛

造次：行為粗心冒失。

玉，想到瀟湘館去哭她一場。賈母等原是不肯，倒是大夫看出寶玉的心病，反而認為該讓他開散了，才可痊癒得快一些。

因此，寶玉、賈母等一行人便來到瀟湘館。到了那兒，一見黛玉靈柩，人人痛哭，賈母哭得淚乾氣絕，寶玉哭得死去活來。

寶玉又堅持找來紫鵑，要問問姑娘臨死之前有何交代。紫鵑本來深恨寶玉，但見他如此，已稍稍釋懷；又見賈母、王夫人都在，也不敢責怪寶玉，因此便將黛玉怎樣發病，怎樣燒燬手帕、詩稿等事情，一一都說了。寶玉一聽，更是哭得肝腸寸斷。

探春趁便也將黛玉臨終囑咐要回南邊的話，告訴了大家，賈母、王夫人一聽，不禁又哭起來。多虧鳳姐在旁勸慰，才略略止住，便請衆人回去休息。

寶玉哭過了黛玉，心病漸去，精神逐漸好轉。賈母等便擇了吉日，爲他和寶釵圓房。

只是寶玉到底是愛動不愛靜的，時常想到大觀園裡去逛，但賈母總是不准。因爲黛玉的靈柩雖已寄放到城外庵中，但瀟湘館猶在，賈母怕寶玉見了又勾起舊病。

其實，園裡剩下的姊妹早已不多：薛寶琴回到薛姨媽那邊住；史湘雲因叔父已回京，便把她接回去，而且給她定了親，不久就要出嫁，所以不大常來；邢岫烟自從迎春出嫁後，就過去了邢夫人那邊；李紋、李綺也搬了出去，只有偶爾回到李紈那兒，住個一兩天。因此，大觀園裡只剩李紈、探春、惜春了。

到了秋天時，賈母想園中人少，天氣又冷了，便將李紈、探春等也都挪出來住，大觀園裡從此顯得更加寂寞蕭條。

話說賈政在寶玉成親後的第二天，便出發到江西上任去了。他的一個同鄉正在海疆任官，寫了信來提親，賈政於是應允把探春許配給這位同鄉的兒子。

賈母知道此事後，很是捨不得，說道：「雖說同鄉人是好，但畢竟離我們太遠了。儘管老爺如今在那裡任職，但如果哪一天調任，留三丫頭一個人在外鄉，不是太孤單了嗎？而且，她這一去，不知兩、三年能不能回來一次？若遲了，恐怕我再也見不到她呢！」說著，掉下淚來。

王夫人在旁勸道：「做官的人家，誰能保證常在一起？重要的是孩子能配個好人家，不然像迎姑娘雖配得近，卻偏偏常聽說她被女婿打罵，甚至不給飯吃，也不放她回來，眞是可憐。我想探丫頭雖不是我生的，但老爺既然選了女婿，必然是好的。只請老太太作主，選個好日子，送她到老爺任上，親事就在那裡辦，老爺也不會將就的。」賈母聽了，只得答應。

趙姨娘知道探春的事情後，反而歡喜，心裡想：「我這個丫頭，向來瞧不起我，我到底是生她的娘，她卻總是護著別人，連環兒是她的親弟弟，都不能出頭。現在老爺把她接去，我倒乾淨。」

趙姨娘一面想，一面跑去探春那兒道喜，還說：「姑娘，妳是要高飛的人了。我養妳一場，也沒沾到妳的光。就算我有七分不好，也有三分的好，總不要一去了就把我忘在腦後。」

探春聽了，一句話也不說，只是低頭做活。趙姨娘見她不理，便氣忿忿的離去了。探春只覺得又好氣、又好笑、又傷心，不覺掉下淚來。自己坐了一會兒，悶悶的走去找寶玉。

寶玉見探春來，只問道：「三妹妹，我聽說林妹妹死的時候，妳在那裡；我還聽說，那時候遠遠的有音樂聲傳來，或許她是有來歷的。」

探春笑道：「那是你心裡想著罷了。只不過那音樂卻也奇怪，並不像一般人家的鼓樂之音，你說的或許也有可能。」

寶玉聽了，又想起當初他乍聽黛玉死訊，昏死過去時，曾夢見有人告訴他，黛玉生不同人，死不同鬼，所以她必定是哪裡的仙子下凡來的。

過了一會兒，探春回去，寶玉便決定把紫鵑要來，於是立刻告訴賈母。紫鵑心裡並不願意，只是賈母派她過來，也沒辦法。不過，任憑寶玉對她如何低聲下氣，她總是沒有好話回答。

寶玉一心想念黛玉，又把紫鵑要了來，一時間也沒注意探春要嫁之事。後來，聽見寶釵和襲人談起探春結婚的事宜，不禁叫了一聲：「噯呀！」便倒在床上哭起來。

寶釵和襲人嚇得忙問：「怎麼了？」

寶玉哭得說不出話來，好一會兒才道：「這日子過不得了！姊妹們都一個個散了！林妹妹成了仙，大姊姊已經死了，二姊姊碰上一個混帳不堪的東西，三妹妹卻要遠嫁，史妹妹又不知要嫁到哪兒去，薛妹妹也有了人家。這些姊姊妹妹，難道一個都不留在家裡？單留我做什麼？」襲人聽了，正想勸寶玉，寶釵卻擺手說：「你不用勸他，讓我來問他。」便問寶玉道：「據你的心裡，要留這些姊妹都在家裡陪你到老，都不要爲終身的事打算嗎？那麼，就讓你把姊姊妹妹都邀了來，守著你，我和襲姑娘各自到一邊兒去。」

寶玉聽了，趕緊拉住寶釵、襲人，說道：「我也知道。只是，爲什麼散的這麼早呢？等我化了灰的時候再散也不遲！」

襲人捂著他的嘴道：「又胡說！這兩天你身體才好一些，二奶奶才吃得下飯，若是你又鬧翻了，我也不管了。」

寶玉看她們兩人這樣，也無法再說什麼。

探春起程去江西之前，特別來向寶玉辭行，寶玉自然是萬分難捨，但探春卻識得大體，反而勸說了寶玉一番。

賈政等探春到了之後，選定吉日，便爲她完成了婚事，夫家的人對探春極好。只是沒想到，不久之後，賈政的下屬做出違法之事，牽連到賈政，使他被降職調回京裡。

賈母聽說賈政被降調回來，只留探春一個人遠在他鄉，心裡便不高興。後來賈政說明了原因，又說探春一切安好，賈母才轉悲爲喜。

賈政回京後，許多親友都說要爲他接風，賈政辭謝了，反而在家裡準備了酒宴，請親朋過來一聚。

這日，賈政正在宴客，忽然有人來報，說是錦衣府

錦衣府：保衛皇帝及宮廷的禁衛軍，也負責巡察緝捕等任務。

前來拜望。誰知，他們竟是奉旨前來查抄賈府的。

原來，寧國府的賈珍引誘他人賭博，又強占逼死良家婦女，因此皇上下旨查抄寧府，將賈珍、賈蓉都抓了起來，所有財物、房地及家僕全部充公。可憐寧府中竟只剩尤氏婆媳等，連一個下人也沒有，賈母便命人接她們過來榮府同住。

而榮府這邊的賈赦，則因私通外任官員，欺凌弱小百姓，所以也被下旨查抄他們的家產。賈赦和賈政並未分家，榮府裡的家產都由賈璉和鳳姐總管，因此錦衣軍便想查抄整個榮國府。幸好後來北靜王到了，他與賈政、寶玉有交情，因此便沒有爲難賈政一家，只叫人把賈赦抓走，查抄他那一家的財物。

沒想到，錦衣軍竟在鳳姐房中抄出許多借券，其中有不少是違法剝削重利。這些都是鳳姐平日私自所作，連賈璉都不知道。如今被查出來，鳳姐又急又羞，當場昏了過去。

賈母眼見寧、榮兩府遭到查抄，更是又痛又怕，不禁老淚縱橫，哭得喘不過氣來。王夫人、寶釵、寶玉和眾丫鬟們，也無不傷心落淚。一時之間，整個賈府到處充滿著哭聲，一片悲戚。

第二十一回 鴛鴦殉主·妙玉遭劫

話説賈赦、賈珍、賈蓉等被抓進衙門，經過一番審問，各自判定罪名，賈赦被發往邊疆充軍，賈珍被派到海疆服役，二人原來世襲的官職都被革除。賈蓉則因爲尚屬年幼，免予處罰。

賈母知道之後，便對賈政説：「如今東府已經全被抄去，連房屋都充公了；你大哥和璉兒那裡，也都抄去了。但是，他們兩人現在被發派到遠地，總要給他們帶著幾千銀子才好。我這幾年老了，沒過問家事，你可知道家裡銀庫、土地還有多少？」

賈政以往常在外任職，對家務多不留心，現遭遇此事，才加以留意，但怎知家中銀子早已用盡，甚至外頭還有虧空。眼前賈母問了起來，賈政只好硬著頭皮，據實相告，並說：「先前蒙聖上恩賜的衣服、首飾，還有一些可以變賣，用來給大哥、珍兒做旅費。以後過日子的錢，再做打算。」

賈母一聽，急得落淚，說道：「怎麼著？咱們家到了這樣的地步嗎？」

賈政道：「如果那兩個世襲的官職還在，或許可以到外面找人挪借一些，現在，是不能指望有人肯接濟我們了。」說著，也不禁淚流滿面。

賈母於是叫來邢夫人、王夫人、鴛鴦等人，當著大家的面，打開箱籠，把她積存的東西都拿了出來，分別給了賈赦、賈珍、鳳姐幾千銀兩。又另給賈璉五百，叫他明年把黛玉的棺材送回南邊去。此外，賈母還把她所保存的衣服、首飾，都分給子孫們去穿用。

分派定了，又叫賈政道：「你也是我的兒子，我並不偏心，這些剩下的金銀等物，將來是給寶玉的；珠兒的媳婦向來孝順我，蘭兒也好，我也會分給她們一些。我的事情就做到這兒了。」

賈政見母親做事如此分明，跪下哭道：「老太太這麼大年紀，兒孫們沒能孝順，反而承受老祖宗這樣的恩典，眞是無地自容！」

賈母道：「別瞎說了！現在家裡用的人也太多，你吩咐下去，各家留幾個夠用就罷了。還有，那些田地交給璉兒處理，該賣的賣，該留的留，不須擺個空架子在這兒。」

賈政聽著賈母一一吩咐，心想：「老太太實在是個會理家的人，都是我們這些不長進的子孫鬧壞了！」

此時，忽見丫頭慌慌張張的跑來，說鳳姐又昏死過去了。賈母、王夫人等急忙去看。

原本鳳姐自從被抄之後，財物盡空，又怕人怪罪，因此一直臥病在牀，難以痊癒。現在賈母等人都過來看她，並沒有責怪，還給了她好些銀兩，因而便覺得安心許多，也就好好靜養著。

到了賈赦、賈珍啓程那天，賈政仍遵守禮數，帶著寶玉親自送行到城外。兄弟叔侄揮淚話別後，賈政才回到家門口，便看見好些人在那裡吵嚷。原來，皇上降下旨意，將榮國公的世職，交由賈政承襲。因此，便有人上門來討喜錢。

雖然賈政繼承了世襲的官職，但賈府仍然是家計蕭條，入不敷出。家中佣人見賈政忠厚，鳳姐抱病不能理家，便常各自做些偷懶欺瞞之事。

一日，史湘雲出嫁後回門，過來賈母這邊請安。她出嫁之時，正好碰上賈府被抄，賈母沒能去吃喜酒，心中總是記掛著。如今湘雲來了，大家知道她夫婿是個有才情學問的好人，她在那裡過得很平安，便都放心了。

正巧過兩日是寶釵生日，賈母一時高興，叫鴛鴦拿出一百銀子，來給她做生日。賈府已經許久沒有歡樂的氣氛，賈母難得開心，不覺就多吃了一些。誰曉得，第二天便覺得胸口飽悶。鴛鴦要去告訴賈政，賈母卻不許，只說：「我不過是嘴饞吃多了，餓一頓就好。」

賈母因此兩天沒有進食，但胸口仍悶，還覺得頭暈目眩，並且咳嗽。王夫人等過來請安時知道了，便告訴賈政，立刻請大夫來看。

大夫看過後，只說賈母是停了飲食，又受風寒的緣故，吃幾帖藥便可以好。但是，一連吃了幾天藥，還換了幾位大夫來看過，賈母的病都沒有起色。

自從賈母病後，府裡的女眷每天都來請安。一日，櫳翠庵的妙玉也來了。岫烟先出去接她，說道：「以前住在園裡，可以常去看妳；現在園裡人少了，門又常關著，所以好久沒見到妳了。」

妙玉道：「當時你們在園裡，正是熱鬧，我也不便常來親近。如今這裡事情不大好，又聽說老太太病了，我也惦記妳，並且要來瞧瞧寶姑娘，才不管那門關或不關，我要來就來。我若不來，你們要我來也不能啊！」岫烟笑道：「妳還是那種脾氣。」說著，兩人一起走進賈母房中。

妙玉問候了賈母，又跟衆人問好。回頭看見惜春，便說：「四姑娘爲什麼這樣瘦？不要只管愛畫畫，太勞心了。」

惜春道：「我很久不畫了。如今住的房子不比園裡的明亮，所以沒興致畫。」

妙玉問：「妳現在住哪兒？」

惜春道：「就是妳剛才進來那個門東邊的屋子，妳要來，很近的。」

妙玉道：「我高興的時候就來看妳。」說完，惜春便送她出去。

賈母的病越來越重，賈政很著急，便請了假，日夜跟王夫人一起親自服侍賈母。一日，有個老婆子來到賈母門外探頭，王夫人看見了，派人出去相問，才知那老婆子是來報告迎春害病的消息，還說孫家竟不請大夫醫治。

賈母在裡面聽見了，悲傷的說：「我三個孫女兒，一個享盡了福死了；三丫頭遠嫁，不得見面；迎丫頭受苦，年輕輕兒的就要死了。留著我這麼大年紀的人，活著做什麼？」

王夫人、鴛鴦等趕忙勸慰賈母，王夫人並叫那婆子去告訴邢夫人。誰知她才到邢夫人那兒，外面已傳話進來說：「二姑奶奶（迎春）死了。」眾人都覺悲傷，卻因賈母病重而不敢告知。

賈母在病榻上，還想著這些孫女兒，一時想起了湘雲，便打發人去瞧她。沒想到湘雲的夫婿竟得了暴病，大夫說只怕不能好，湘雲哭得不得了；又知道老太太病了，卻不能來請安，只託人千萬別告訴老太太。

這邊賈母已漸漸不好了，賈政、賈璉只得開始準備老太太的後事。王夫人、邢夫人、寶玉等，都來守候在賈母身邊。

一時，賈母要了茶來喝，便坐起來說：「我到你們家已經六十多年了，從年輕時到老來，福也享盡了。自你們老爺起，到兒子、孫子也都算是好的了。就是寶玉呢，我疼了他一場——」說著，便找寶玉。

王夫人推寶玉走到床前，賈母從被窩裡伸出手來，拉著寶玉說：「我的兒，你要爭氣才好！」寶玉聽了，心裡一酸，那眼淚便要留下來，又不敢哭，只得站著。

賈母又說：「我想再看一個重孫子，我就安心了。我的蘭兒在哪裡呢？」李紈推賈蘭上去。

賈母對賈蘭說：「你母親是要孝順的，將來你成了人，也叫你母親風光風光。——鳳丫頭呢？」

鳳姐本來站在賈母旁邊，趕忙走到眼前，說：「在這裡呢！」

賈母道：「我的兒，妳就是太聰明了，將來修修福吧！」又道：「我們大老爺和珍兒是在外頭樂了，最可惡的是史丫頭沒良心，怎麼總不來瞧我？」鴛鴦等明知原因，卻都不說。

賈母又瞧了瞧寶釵，嘆了口氣，只見臉上發紅。賈政知是迴光返照，急忙送上參湯。但賈母牙關已緊，合上了眼睛，一會兒又睜開，滿屋子瞧一瞧。

王夫人、寶釵上來，輕輕扶著賈母，邢夫人、鳳姐等便忙著爲她穿衣。不多時，只聽賈母喉間略一響動，臉變笑容，就這麼去了，享年八十三歲。

賈母一走，傷痛的不只是兒孫們，她的丫鬟鴛鴦更是哭的如淚人兒一般。這鴛鴦生得也是個美人胚子，早先賈赦有意收她作妾，她卻抵死不從。如今，賈赦雖被充軍，但賈母這一死，服侍她的丫鬟便將被收到其他人屋裡，或是發配出去嫁人，鴛鴦不願受這樣的折騰，便一心想著：「倒不如死了乾淨！」

這一夜，鴛鴦走進賈母昔日住的房間，從身上取下一條汗巾，暗暗哭了一會兒，竟然就拴上汗巾，懸樑自盡了。

眾人發現之後，嚷著去報告邢夫人、王夫人。王夫人聽了，哭著去看；邢夫人知道了，也說：「不料鴛鴦倒有這樣的志氣！」

寶玉聽到消息後，卻嚇得兩眼直豎。襲人慌忙扶住寶玉，說道：「你要哭就哭，別憋著氣。」

寶玉死命的才哭出來，心想：「鴛鴦這樣一個人，偏又這樣死法！眞是天地間的靈氣，都在這些女子身上了。我們雖是老太太的兒孫，究竟是一件濁物，哪裡比得上她？」於是又歡喜了起來。

寶釵先前聽寶玉大哭，出來一看，他卻在笑。襲人著急的說：「不好了！又要瘋了！」

倒是寶釵說：「不礙事，他有他的意思。」

寶玉聽了，心下歡喜：「到底還是她知道我的心，別人哪裡知道。」

這裡賈政也爲鴛鴦嘆息道：「好孩子，不枉費老太太疼她一場。」命賈璉立刻出去買棺，要將鴛鴦跟著賈母殉葬。

衆人送賈母靈柩往鐵檻寺時，留下鳳姐和惜春在賈府中看管。鳳姐是因日前又病得吐血，根本走動不了；惜春則是跟她大嫂尤氏不和，所以被留在家。

妙玉知道惜春沒去送靈，便過來看她。惜春央求妙玉陪她住一夜，並一起下棋。妙玉見她可憐，只好答應了。

沒想到，這一夜竟然有人溜進賈母房裡，偷走金銀財物。這時賈府中只有幾個女眷看守，個個都嚇得失魂落魄，就連妙玉也跟著心驚一場。

更糟的是，那些盜賊中，有人窺見了妙玉，竟想將她擄走，只是當晚在賈府中沒能得手。第二天夜裡，那賊人便偷偷潛進櫳翠庵，燒起悶香，使妙玉聞了之後，手足麻木，不能動彈，口裡也說不出話來。

一向高傲潔淨的妙玉，竟這樣被盜賊劫持而去，從此下落不明、生死不知！

第二十二回 惜春落髮・熙鳳命終

賈府遭了竊賊之後，惜春心裡大大不安，哭道：「明兒老爺、太太回來，叫我怎麼見人！他們把家裡交給咱們，如今鬧成這樣，還想活嗎？」

鳳姐聽了，便勸惜春，惜春卻說：「妳是病了，還有話說，我是無話可說了！都是我大嫂害的，故意要太太派我看家。現在，我的臉往哪兒擱呢？」

鳳姐道：「姑娘，妳快別這麼想。若說沒臉，大家是一樣的。」

惜春心中仍是愁悶，想著：「我父母早死，嫂子嫌我。原先還有老太太疼著些，如今也死了，留下我孤苦伶仃，如何是好呢？」又想：「迎春姊姊被折磨死了，史姊姊守著病人，三姊姊遠去，這都是命中注定，不能由己。只有妙玉如閒雲野鶴，無拘無束，我要能學她，可就好了。」

惜春想到這兒，便拿起剪刀，把頭髮剪下，想要出家。丫鬟彩屏聽了，急忙來勸。正鬧著，櫳翠庵裡忽然有人來找妙玉。

惜春一問，才知櫳翠庵的人一早便找不到妙玉，只在牆邊看見一個軟梯，地上還有刀鞘。惜春心想，妙玉必是遭賊人劫去，因此心中不覺更加悲苦。彩屏等再三勸慰，並幫她把剩下的髮絲梳好。然而，惜春從這時開

賈府遭竊，惜春自責便想剪髮追隨妙玉出家，妙玉卻遭人劫走。

始，更在心中立定了出家的念頭。

那邊鳳姐仍一直病著，邢夫人、王夫人送靈回來之後，只打發人過來問問，並不親自來看。賈璉回來，也是沒有一句貼心的話。

鳳姐心中悲苦，便想快快死了算了。一日，彷彿見到尤二姐進來，說道：「姐姐，許久不見了。如今姐姐的心機也用盡了，咱們二爺糊塗，不領姐姐的情，反而怪姐姐做事苛刻，壞了他的前程，叫他見不得人。我倒替姐姐氣不平！」

鳳姐恍惚說道：「我如今也後悔我心地狹窄。妹妹不念舊惡，還來看我。」

平兒聽見鳳姐說話，問道：「奶奶說什麼？」

鳳姐醒了過來，想起尤二姐已死，必定是來向她索命的，心裡害怕，但不肯說出來，只道：「我大概是說夢話，妳給我捶捶吧！」

一會兒，小丫頭進來說：「劉姥姥來給奶奶請安。」原來，劉姥姥最近才聽說老太太去世了，所以趕緊帶著外孫女青兒，進賈府來探望。

鳳姐見了劉姥姥，不覺一陣傷心，說道：「姥姥，妳好？怎麼這時候才來？」

劉姥姥看見鳳姐骨瘦如柴，神情恍惚，覺得眞是悲慘，便說：「我的奶奶！怎麼病成這樣？我們鄉下人如果病了，就求神許願，從不知道吃藥。我想，姑奶奶這病不是沖撞了什麼吧？」

這話正說中鳳姐的心事，便道：「姥姥！妳是有年紀的人，說的不錯。」說著，又把女兒巧姐叫來，道：

「妳見過姥姥了沒有？妳的名字還是她取的呢，就和乾娘一樣。」

當年，劉姥姥進府遊大觀園時，巧姐年紀還小，尚未取名字，因她時常生病，鳳姐便請了劉姥姥爲她命名，想借貧苦莊家人取的名字，來壓壓孩子的富貴氣。

巧姐這時走到劉姥姥跟前，問了安，又說道：「那年妳到園子裡的時候，我還小。前年妳再來時，我跟妳要了隔年的蟈蟈兒，妳也沒給我，必是忘了。」

劉姥姥道：「好姑娘，我是老糊塗了。若說起蟈蟈兒，我們村裡多得很，妳要是到那兒去，要一車蟈蟈兒也容易。」

鳳姐道：「不然，妳帶她去吧！」

劉姥姥笑道：「姑娘這樣的千金，從小吃好的、穿

蟈蟈兒：一種有害的昆蟲，綠色，會飛，雄蟲的前翅有發聲器，會發出聲音。

好的，到了我們那裡，我拿什麼給她玩？又拿什麼給她吃呢？這樣吧，我給姑娘做個媒好了。我們鄉下也有些大財主，雖然比不上這裡，但總有幾千頃地，和不少的銀子。姑奶奶是瞧不起這種人家，我們莊家人瞧著這樣的大財主，也算是天上的人了。」

鳳姐道：「妳說去，我願意就給。」

劉姥姥道：「這是玩笑話吧！就是姑奶奶肯了，上頭太太們也不會給。」

平兒在一旁聽著，怕劉姥姥話多，攪煩了鳳姐，便把她帶了下去。她的外孫女青兒倒是跟巧姐很有話說。沒多久，卻聽丫頭跑來說：「平姐姐快走！奶奶不好了！」

平兒趕過去，只見鳳姐兩手在空中亂抓，平兒急得拉著鳳姐的手哭叫。劉姥姥見了，急忙過來唸了些佛，鳳姐果然就好了一點兒。

一會兒，鳳姐安靜下來，覺得清醒一些，便悄悄把劉姥姥叫到床邊，說她心神不寧，好像見到鬼怪。劉姥姥便說她村子裡有靈驗的菩薩，可以替鳳姐許願去。

鳳姐道：「姥姥，我的命交給妳了。我的巧姐也是千災百病的，也交給妳了。」劉姥姥一口都答應了，便急急趕出城去。

然而，鳳姐的病仍無起色。一天，寶玉、寶釵聽說鳳姐病危，便急忙要過去看。王夫人卻打發人來說：「璉二奶奶不好了，還沒有嚥氣，二爺、二奶奶且慢些過去。璉二奶奶的病有些古怪，她嘴裡不停的說著要船要轎，說是到金陵歸入冊子去。璉二爺沒辦法，只得去糊船轎，還沒拿來，璉二奶奶喘著氣等呢！太太叫我們過來說，等璉二奶奶去了，再過去吧！」

寶玉說：「這也奇，她到金陵做什麼？」

襲人輕聲對寶玉說：「你不是那年做夢，說看見多少冊子，璉二奶奶不是也要到那裡去吧？」

寶玉點點頭道：「是呀！可惜我都不記得那上頭的話了。這麼說來，人人都有個定數的。但不知林妹妹又到哪裡去了？若再做這個夢時，我得細細的瞧一瞧，便能未卜先知了。」

襲人道：「我不過提了一句話，你怎麼就這樣認眞起來？就算你能先知，又有什麼辦法？」

寶玉道：「只怕不能先知，如果能了，我就犯不著爲妳們瞎操心了。」

正說著，有人來報：「璉二奶奶嚥了氣了。」寶玉一聽，忍不住就要哭。急忙趕到鳳姐那兒，見了賈璉，便拉著他的手大哭起來。

賈璉也是悲哭不已，想要好好為鳳姐辦理喪事，但手頭很緊，諸事拮据。豈知此時鳳姐的哥哥王仁，竟來到府裡，想索討一些銀兩。

王仁偷偷叫了巧姐過來，說道：「外甥女兒，如今妳娘死了，凡事要聽舅舅的話。妳要勸勸妳父親，不可以把妳娘的後事將就著去辦。」

巧姐道：「我父親巴不得要好看，只是現在手裡沒錢，難免凡事省一些。」

王仁道：「不是聽說老太太又給了好些東西，妳該拿出來。」

巧姐不好說那些錢早被父親挪用了，只推說她不知道。王仁便說：「哦！我曉得了，妳不過是要留著做嫁粧吧！」

巧姐聽了，不敢回話，只氣得嗚嗚哭起來。平兒見了，生氣道：「舅老爺，有事等我們二爺回來再說。姑娘這麼點年紀，她懂什麼？」

從此之後，巧姐心裡便不大瞧得起她舅舅，而王仁也嫌棄巧姐。

賈璉為了鳳姐的喪事，到處張羅，卻仍是不夠用。平兒見了，說道：「二爺也不用著急，我還有些東西，當年幸虧沒被抄去。二爺要，就拿去當了，也好有錢辦事。」

賈璉心想：「眞是難得。」便笑道：「這樣更好，省得我各處張羅，等我有了銀子再還妳。」

平兒道：「我的也是奶奶給的，什麼還不還！只要這件事辦的好看些就是了。」

賈璉心裡著實感激平兒，便拿了東西去當，以後有什麼事情，也都來找平兒商量。

卻說惜春自從立志出家之後，爲了表明她的心意堅決，竟然連著幾日不吃飯，只說要剪去頭髮。彩屏等丫頭沒辦法，只好到各處去告訴。邢夫人、王夫人等都來勸了好幾次，惜春仍然不聽。

這一日，邢、王二夫人來找賈政，打算把惜春之事告訴他，卻聽外頭有人來報：「甄家太太帶著他們家寶玉來了。」

原來，金陵有一户姓甄的人家，與賈家頗有交情。

那甄老爺有個兒子，也叫寶玉，比賈寶玉小一歲。日前甄老爺被調來京中任職，便將家眷都帶來。今日，甄家太太遂帶著甄寶玉來賈府拜訪。

賈政、王夫人一見那甄寶玉，竟和自己的寶玉長得一模一樣，便叫他們二人相見。

寶玉出來一看，就覺得他跟甄寶玉似乎早已相識，因此便想他的爲人一定也跟自己一樣。誰知，兩人坐下一聊，甄寶玉滿口談的，都是聖賢文章一類的話題。賈寶玉聽了，不禁大爲失望。

寶玉待送走甄家的人之後，回到房裡，便不言不笑的發起呆來。寶釵見了，問道：「那甄寶玉果然長得像你嗎？」

寶玉道：「相貌倒是一樣，言語卻不相投，不過也祿蠹：追求名利官位的蠹蟲，蠹指「蠹魚」，一種會咬破衣服和書籍的小蟲。

是個祿蠹。我想，有了他，我連我自己這個相貌都不想要了。」

寶釵聽他又發呆話，便說：「這相貌怎能不要呢？人家說的也是正理，做了一個男人，便該立身揚名，誰像你一味只知柔情私意！不說自己沒有剛烈，倒說人家是祿蠹！」

寶玉本來聽了甄寶玉的話，已很不耐煩；現在又被寶釵數落一頓，心中更加不樂。此時，寶玉開始覺得昏昏悶悶，便不再言語，只是傻笑。

過了一夜，寶玉起來後，仍是發呆，竟像先前的舊病發作。寶釵、襲人等一時並沒在意，也沒有去告訴王夫人。

一日，王夫人來到寶釵這裡，見寶玉失魂落魄，便著急的說：「妳們眞不留神！二爺犯了病，怎麼也不知道告訴我！」

寶玉聽了，一時清醒過來，怕寶釵、襲人受委屈，便說：「我沒什麼病，只是心裡有些悶悶的。太太如果不放心，叫個大夫來看，我就吃藥。」

王夫人立刻叫人請了大夫，開藥給寶玉吃。然而，幾天之後，寶玉更糊塗了，甚至也不吃飯，大家都著急了起來。

第二十三回　寶玉歸還・重遊幻境

這一日，王夫人又來看寶玉，只見寶玉已經不省人事，眾人急得手足無措。趕緊請大夫來看，大夫卻已不肯下藥，只說要準備後事了！

賈政親自來看，嘆氣連連，只出去叫賈璉趕緊準備。賈璉心想家中缺錢，正不知該怎麼辦，卻見一個人跑進來說：「二爺，不好了！門外來了一個和尚，手裡拿著寶二爺丟的那塊玉，說要一萬兩賞銀！」

正說著，外頭又嚷起來：「這和尚撒野，自己跑進來了！」

賈璉拉住那和尚，說道：「裡頭都是女眷，你這野東西亂跑什麼？」一面急著叫道：「裡頭的人別哭了，和尚進來了！」

王夫人等只顧著哭，哪管這麼多？和尚進去後，她們也來不及躲避。和尚便舉起玉說：「快把銀子拿來，我好救他。」

王夫人也不看那玉是眞是假，只說：「你放心，人救活了，銀子一定有的。」

和尚哈哈大笑，在寶玉耳邊叫道：「寶玉，寶玉，你的『寶玉』回來了！」

只見寶玉眼睛一睜，問：「在哪裡？」

那和尚把玉放在寶玉手中，他立刻緊緊握住，然後才慢慢放開手，拿到眼前細細一看，說道：「嗳呀，久違了！」

衆人見了，都歡喜的唸佛。和尚卻拉著賈璉出去，趕著向賈政要一萬賞銀。賈政謝過和尚，又請教他來自何處，法號爲何，和尚竟說：「不知道。」賈政也不敢得罪和尚，只好請他先坐一會兒，自己便進去看看寶玉現在如何。

寶玉果然好了許多，還嚷著要吃飯。吃過飯後，寶玉有了力氣，想要起來，麝月上前去扶，忍不住歡喜的說：「眞是寶貝！才看見了一會兒，就好了。幸虧當初沒有砸破。」

誰知，寶玉聽了這話，神色一變，把玉一扔，身子便往後仰，竟又昏死了過去！

寶玉的魂魄出了竅，恍恍惚惚走到前廳，看見那送玉的和尚，便向他行禮。和尚站起來，拉著寶玉就走。寶玉跟著和尚，覺得身輕如葉，飄飄盪盪，不知怎麼就走到一處荒野。

寶玉遠遠望見一座牌樓，覺得好像到過。又看見一個美麗的女子走過來，跟和尚打了個照面，就不見了。寶玉一想，那人竟像是尤三姐，不禁納悶。

和尚拉著寶玉走過牌樓，來到一座宮門前，忽見鴛鴦在前面招手叫他。寶玉正想跟鴛鴦說話，一轉眼她卻不見了。寶玉跑去鴛鴦剛才站的地方，看見有個門半掩半開。寶玉不敢隨便進去，想要問那和尚，回頭一看，和尚早已不見了。

寶玉獨自推門進去，滿屋一瞧，不見鴛鴦，卻看見十幾個大櫥子。寶玉忽然想到：「我少時做夢，到過這個地方，如今能夠親身到此，也是大幸。」

寶玉打開櫥子，取出其中的「金陵十二釵正册」。册子裡面的畫跡和字跡都已模糊，第一頁上隱約可以看到「玉帶」、「林」、「金簪雪裡」等幾個字。寶玉心想：「好像是說她和林妹妹的名字呢！可是，這幾句詩裡又有『憐』字和『嘆』字，不好。眞不知怎麼解釋？」

寶玉想到自己這是在偷看，若不看快一點兒，有人進來就看不成了。於是，又繼續翻。看到「虎兔相逢大夢歸」，便恍然大悟：「是了，這必是說元春姐姐呢！我要是把這些册子裡寫的，都記起來，就知道姊妹們將來的情形，也省了胡思亂想。」

原來，元春去世時，正是虎年末、兔年初，因此說是「虎兔相逢大夢歸」。寶玉自此一悟，便急急將正冊中的十二首詩詞都看遍了，只是有些一看就懂，有些卻不大明白。

接著，再看「金陵又副冊」。看到一半，忽聽有人說：「你又發呆了，林妹妹請你呢！」回頭一看，是鴛鴦在門外叫他。

寶玉急急跟著鴛鴦出來，走到半路，忽然看見一處樓閣，裡面有好些宮女。寶玉順步走進一座宮門，內有許多奇花異草。其中一棵青草，特別用白石花欄圍著，那草的葉頭上略有紅色。雖說只是一枝小草，又無花朵，但微風吹來，青草款擺，不禁令寶玉看得心動神怡。

忽然，有人說道：「你是哪來的蠢物，在此偷窺仙草！」

寶玉吃了一驚，回頭看見是位仙女，便問：「不知這仙草有何好處？」

仙女道：「這乃是『絳珠草』，本來生長在靈河岸邊，曾經枯萎，幸虧一個神瑛侍者每日以甘露灌溉，才得以長生。後來這仙草下凡，還報了灌溉之恩，如今便返回眞境。」

寶玉聽了不解，以爲是遇到花神，便想問問是否有看管芙蓉花的神仙。仙女答道：「這些事要問我的主人瀟湘妃子。」

寶玉一聽，說道：「是了！這位妃子就是我的表妹林黛玉。」

仙女道：「胡說！天上神女怎會和凡人有親？小心我叫力士打你出去！」

寶玉只好出來，卻見一人提著寶劍，迎面攔住，說道：「哪裡走！」寶玉抬頭一看，竟是尤三姐。

尤三姐道：「我奉妃子之命，等候已久。今日見到你，必定要一劍斬斷你的塵緣！」

寶玉聽了，正在著急，卻聽見後面有人跟來，回頭一看，竟是晴雯！寶玉忙道：「晴雯姐姐，我一個人走迷路了，快帶我回家吧！」

那女子道：「神瑛侍者請不必多疑，我並非晴雯。只是奉妃子之命，特來請你，不會爲難你。」

寶玉滿腹狐疑，只得跟著走。一會兒，來到一座宮殿，院中有一叢翠竹，廊下有幾個宮女，見了寶玉便悄

力士：神話中在天界值勤的神將。

悄問道：「這就是神瑛侍者嗎？」

那女子道：「就是，妳快進去通報吧！」一個侍女出來引寶玉進去。到了正房，又有一侍女捲起珠簾，只見裡面端坐著一個頭戴花冠的女子。寶玉抬頭一看，竟是黛玉，不禁說道：「妹妹在這裡！叫我好想！」

簾外的侍女低聲喝道：「這侍者無禮，快快出去！」珠簾便被放了下來。

寶玉無奈的走出去，正不知如何是好，卻看見鳳姐站在前方。寶玉趕緊跑上前，過去一看，又不是鳳姐，而是秦氏。寶玉只好問道：「鳳姐姐在哪裡？」秦氏也不答話，就進一間屋子去了。

寶玉呆呆站著，嘆道：「我今兒做錯了什麼，眾人都不理我！」便痛哭起來。

這時，有幾個力士拿著鞭子過來，說道：「何處男人敢闖入我們這天仙福地？還不快出去！」

寶玉不敢說話，正想要走，又看見好像是迎春等一群女子走了過來，便叫：「我迷路了，快來救我！」正嚷著，後面的力士趕來了。寶玉急忙往前跑，卻見剛才的女子全變成鬼怪，也來追他！

寶玉正不知怎麼辦，只見那送玉的和尚來了，拿著一面鏡子一照，鬼怪立刻消失，周圍仍是一片荒野。寶玉拉著和尚問道：「我記得是你帶我來的，我在這兒看到好些冊子，又看到好些親人，只是她們都不理我，還變成一群鬼怪，這到底是夢是眞？請老師明白指示。」

和尚道：「你既看了那些冊子，還不明白這世上的魔障：佛家語，指修道的障礙。

情緣，都是一些魔障！你只要把經歷過的事情，仔細記著，將來我再跟你說明。」說著把寶玉狠命一推，道：「回去吧！」

這裡王夫人等只聽寶玉叫了一聲：「嗳喲！」便醒了過來。寶玉睜眼一看，自己仍在床上，王夫人、寶釵等哭得眼泡紅腫，便知自己是死去又活過來的。

寶玉細細回想方才所經歷的事，竟哈哈大笑著說：「是了，是了！」王夫人只以爲他舊病復發，趕緊請大夫治療。

寶玉自從死而復生，又服了幾天藥之後，便神清氣爽，漸漸復元起來。賈政見寶玉已好，就想把賈母、黛玉等人的靈柩，送回南方去安葬。

賈政臨出發之前，特別交待，要寶玉和賈蘭參加今年的科舉考試。王夫人因此開始不時的查考寶玉，寶釵和襲人也常常勸勉他。

奇怪的是，寶玉自從病好之後，除了跟從前一樣厭惡功名之外，竟把那兒女情緣也看淡了。無論是寶釵、襲人，還是麝月、紫鵑等丫頭，他都是冷淡對待。

這一日，忽然聽說那送玉的和尚又來。王夫人和寶釵都覺納悶，爲什麼這和尚那天突然不告而別，今天卻又跑來討賞銀。

寶玉出去見了那和尚，施禮道：「請問師父可是從那『太虛幻境』而來？」

和尚道：「什麼『幻境』！不過是來處來、去處去罷了！我是送還你的玉來的。我且問你，那玉是從哪裡來的？」

寶玉答不出話來。和尚笑道：「你自己的來路都不知道，還來問我！」

寶玉一聽，就如當頭棒喝，便說：「你也不用銀子了，我把那玉還你吧！」

和尚笑道：「也該還我了。」

寶玉起身跑進房裡，拿了放在床邊的玉，一出門，卻撞上襲人，於是告訴襲人：「快跟太太說不用準備銀兩了，我把這玉還他就是了。」

襲人一把抓住寶玉道：「這可使不得！那玉就是你的命，他拿走了，你又要病了。」

寶玉說：「如今不會再病了，我已有了心，要那玉有何用？」

襲人哪裡聽得進去，只是拉著寶玉不放。紫鵑在裡頭知道了，也衝出來幫忙拉住寶玉。寶玉拚命掙扎，一心要出去，誰知襲人、紫鵑竟死命抱著不放。一會兒，王夫人聞訊趕來，寶玉便知無法脫身，只好放下了那塊玉，自己又出去找那和尚。

王夫人等仍不放心，叫人出去聽聽寶玉跟和尚說些什麼。小廝聽了之後，回話道：「二爺跟那和尚說，他拿不到玉，只請和尚帶了他去。和尚卻說，只要玉不要人。後來，兩個人又說些什麼『大荒山』、『青埂峰』、『太虛境』和『斬斷塵緣』的話。」

王夫人一聽，便要叫人拉寶玉進來，寶玉卻自己笑嘻嘻的進來了，說道：「我和那和尚原本相識，他不過是來見見我，何嘗是眞的要銀子。」

王夫人道：「原來是個好和尚，他住哪裡？」

寶玉道：「他住的地方說遠就遠，說近就近。」

寶釵從剛才便覺得事情有異，現在聽寶玉這樣說，便道：「你醒醒吧！別迷在裡頭了！老爺、太太還等著你求取功名呢！」

寶玉道：「我說的不是功名嗎？你們不知道，『一子出家，七祖升天』呢！」

王夫人一聽，傷心道：「已經有一個四丫頭口口聲聲說要出家，如今又多出一個來，我這日子還怎麼過得下去呢！」說著，大哭起來。

寶玉只得笑道：「我不過是說句玩笑話罷了。」

王夫人於是止住哭聲，道：「這話也能胡說嗎？」

然而，寶玉自此之後，便有心斬斷塵緣，只是不敢在王夫人面前任性。王夫人、寶釵勸他念書，他也假裝念一念，心裡卻想著那和尚的話。偶爾便找惜春聊聊，兩人心中的念頭是一樣的。

後來，惜春一再表明她出家的決心，還說若是不答應她，便要尋死。眾人眼見無法挽回，不得不同意。

只是王夫人特別吩咐：只能帶髮修行，不可以剃了頭髮；惜春現在住的屋子，就當作靜室，修行便在這裡，不可出了賈府。

沒想到，此時紫鵑也說要出家，她道：「林姑娘死時，恨不得跟她去。但她不是這裡的人，我受賈家恩典，難以從死。如今四姑娘既要修行，求太太們派我跟著姑娘，服侍姑娘一輩子。」

寶玉見了，便對紫鵑說道：「阿彌陀佛！難得，難得！沒想到妳竟先好了。」

王夫人、寶釵、襲人等，見寶玉不但對惜春和紫鵑的出家不覺傷心，反而説好，不禁深感詫異，甚至擔心難過的哭了起來。寶玉對她們這樣的反應，卻不太搭理。

此後，寶玉倒是開始讀起應試的書來，偶爾也和賈蘭討論文章。王夫人等都以爲他悔悟了，便覺得欣慰。只是寶釵見寶玉的神情間，常透露著一股冷靜的態度，不免覺得憂心。

這一天，寶玉和賈蘭準備出發去應考了。寶玉向王夫人辭行時，滿眼是淚，跪下磕了三個頭，説道：「母親生我一世，我也無以回報。只求這次中個舉人，讓太太高興高興，便是兒子一輩子的事也完了，一輩子的不好也都遮過去了。」王夫人聽了，大爲傷心。

寶玉又走到寶釵面前，深深的作了一個揖，說道：「姐姐！我要走了，妳好好兒跟著太太，準備聽我的喜信吧！」

寶釵早已落淚，卻只是說：「時候到了，你不必說這些嘮叨話了。」

衆人都對寶玉的舉止感到納悶，李紈更覺得有一股不祥之兆，便只好催著寶玉快出門。寶玉此時竟仰面大笑道：「走了，走了！不用胡鬧了！完了事了！」

衆人只笑道：「快走吧！」王夫人和寶釵卻哭個不止，竟像生離死別一般。

第二十四回 取得功名・了卻塵緣

寶玉此次前去應試，果然如他自己所希望的中了舉人，而且是第七名。賈蘭也一樣考上了，是第一百三十名。

然而，這天大的喜訊，卻化不開此時賈府中的憂傷氣氛。因爲，自從寶玉與賈蘭考完的那天起，寶玉便失踪了！

王夫人難過得天天痛哭，茶飯不思，幾乎已經命在垂危了。幸虧探春正巧隨夫家回京，於是回到賈府探望大家，王夫人這才被勸解得略微好些。只是探春見到惜春一身道姑打扮，心裡很不舒服。

眾人仍期盼著寶玉歸來，小廝焙茗便嚷著說：「我們二爺是丟不了的，如今他『一舉成名天下知』，不管走到哪裡，都會有人知道，誰敢不送來！」眾人聽了都說：「這小子雖沒規矩，說的話卻不錯。」

只有惜春道：「這樣大的人了，哪有走失的？只怕他勘破世情，入了空門，就難找著他了。」這句話說得王夫人等又大哭起來。

探春道：「凡是一般人，最好不要有奇處。二哥哥生來帶塊玉，都說是好事，現在看來，都是有了這塊玉的不好。我不是要讓太太生氣，只是——若再有幾天仍找不到，就有些原因了，只好就像沒有生這位哥哥了。

勘破：勘：音ㄎㄢˋ，看透了。勘，考核觀察。

果然有來頭成了正果，也是太太幾輩子修來的。」

寶釵聽了這番話，沒有言語。襲人卻忍不住心疼，頭上一暈，便昏倒了。王夫人見她可憐，忙叫人扶她回去。

襲人昏迷之中，似乎看見寶玉在她面前，但彷彿又看來像個和尚，他手裡翻開册子，說道：「妳別看錯人，我是不認得你們的了。」

此時，秋紋過來服侍襲人吃藥，她便醒了過來。想到夢中的情境，又回想寶玉離家之前的種種舉動，襲人心想：「寶玉必是跟了和尚去。雖然太太默許了我是寶玉屋裡的人，但畢竟沒有向老爺說明。如今他若是不回來，老爺、太太打發我出去，如果我死守著，又叫人笑話，如果我出去，想到寶玉待我的情分，實在不忍。」

正果：學佛的人修行有得就叫「正果」。

後來，王夫人果然叫襲人的兄嫂把她接了出去，她兄嫂還爲她找了一門姓蔣的婆家。襲人原本滿懷不願，一心求死，但見衆人都對她極好，只怕一死便害到了大家。嫁到蔣家之後，才發現夫婿原來是當年跟寶玉交換汗巾的蔣玉菡。至此，襲人只好相信這是姻緣前定了。

話説，寶玉和賈蘭中了舉人之後，皇上知道他們是賈妃的族人，便極爲憐恤，因而決定大赦天下，並降旨赦免賈赦、賈珍的罪名，賞還所抄家產，賈珍仍可繼承所襲世職。

皇上的聖旨下達賈府時，賈璉正好從邊疆趕回來接旨。日前邊疆曾傳回賈赦病重的消息，賈璉因此趕去探視。不料在他外出的這段時間裡，王仁和賈環等人，竟串通要將巧姐賣給外藩王爺做妾，幸好劉姥姥及時來到

外藩王爺：分封在京師以外的王爺。藩：屏障、保衛。

賈府，平兒便帶著巧姐，偷偷跟著劉姥姥躲到鄉下去。

賈璉回來後，平兒、巧姐才回到賈府。賈璉謝過劉姥姥，心裡更感激平兒，便打算等父親賈赦病癒回來之後，要扶平兒爲正。而巧姐住在鄉下時，曾有一户姓周的富有人家，託劉姥姥說媒，賈赦、賈璉等都同意，便將巧姐嫁到了鄉下。

自從皇上頒旨大赦天下後，薛姨媽一家便忙著張羅贖罪銀兩，好將當年因殺人入獄的薛蟠贖回來。這日，薛蟠被放回，到家之後，母子、兄妹無不悲喜交集。薛姨媽便告訴薛蟠，日前金桂曾想趁機毒死香菱，卻陰錯陽差害死了自己，現在，薛姨媽心裡已認定香菱便是媳婦，不知薛蟠怎麼想？

薛蟠點頭同意了。寶釵也在旁說：「很該這樣。」

倒是香菱急得滿臉通紅，說道：「服侍大爺是一樣的，何必如此？」

香菱從此便扶了正，衆人都稱她「大奶奶」。後來她也爲薛家生下一子，只可惜產後就病逝了。

薛家的寶琴和薛蝌也都早定了姻緣，各自婚嫁：哥哥薛蝌娶的是賢淑善良的邢岫烟，妹妹薛寶琴嫁給了梅翰林之子。

話說薛寶釵腹中也有了寶玉的孩子，誰知寶玉竟一去不回，毫無音訊。這一日，王夫人接到賈政的來信，說他已在金陵安葬了賈母和鳳姐等人，目前正在回京的路上；賈政又說，他在途中曾遇見寶玉，寶玉已向他拜別，衆人以後再也不必苦苦等候寶玉，他是不會再回來了。

賈政看見寶玉的那天，是個下雪的日子。賈政所乘的船，正停泊在岸邊。他在船中寫著家書，心裡想到寶玉，便放下了筆。一抬頭，忽見白雪紛飛的天地間，走來一個人影。那人光著頭，赤著腳，身披大紅斗篷，走到賈政跟前，便倒身下拜。賈政認不出是何人，只急忙出船。那人已拜了四拜，站起來打了個問訊。賈政才要還揖，迎面一看，不是別人，卻是寶玉！

賈政大為吃驚，忙問道：「可是寶玉嗎？」

那人並不言語，臉上的神情似喜似悲。

賈政又問道：「你若是寶玉，如何這樣打扮？跑到這裡？」

寶玉一句話都還沒有說，只見走來一僧一道，夾住寶玉說道：「俗緣已畢，還不快走？」

問訊：和尚、道士合掌行禮稱為「問訊」。

説著，三個人便已飄然而去，消逝在雪影之中。

賈政顧不得路滑，急忙來趕。然而，哪裡趕得上？

只聽見遠遠傳來其中一人的歌聲：

我所居兮，青埂之峰。

我所遊兮，鴻濛太空。

誰與我逝兮，吾誰與從？

渺渺茫茫兮，歸彼大荒。

那塊青埂峰的石頭，歷盡人世間的種種，終歸回去那大荒山下；大觀園裡的賈寶玉，嘗遍紅塵中的情愛悲歡，就此消逝在茫茫曠野的盡頭……。

鴻濛太空：浩瀚的宇宙。

寶玉中了舉人後卻失踪了。賈政在回京的路上，忽見白雪紛飛的天地間，寶玉著紅斗篷、光著頭，赤脚向他下拜。

中國古典名著少年版⑥

紅樓夢

1998年7月初版　　定價：新臺幣250元
2015年11月初版第六刷

原著　曹雪芹
改寫　高玉梅
插畫　洪義男
發行人　林載爵

出版者　聯經出版事業股份有限公司
地址　台北市基隆路一段180號4樓
台北聯經書房　台北市新生南路三段94號
電話　(02)23620308
台中分公司　台中市北區崇德路一段198號
暨門市電話　(04)22312023
郵政劃撥帳戶第0100559-3號
郵撥電話　(02)23620308
印刷者　世和印製企業有限公司
總經銷　聯合發行股份有限公司
發行所　新北市新店區寶橋路235巷6弄6號2F
電話　(02)29178022

責任編輯　黃惠鈴

行政院新聞局出版事業登記證局版臺業字第0130號

本書如有缺頁，破損，倒裝請寄回台北聯經書房更換。　ISBN 978-957-08-1822-2 (平裝)
聯經網址 http://www.linkingbooks.com.tw
電子信箱 e-mail:linking@udngroup.com

國家圖書館出版品預行編目資料

紅樓夢 / 曹雪芹原著．高玉梅改寫．洪義男
插畫．--初版．--臺北市：聯經，1998年
400面；14.8×21公分．-- (中國古典名著
少年版；6)
ISBN 978-957-08-1822-2(平裝)
[2015年11月初版第六刷]

859.6 87008118